As mais belas histórias
— Volume 2 —

Clássicos Autêntica

Outros títulos da coleção

25 CONTOS DE MACHA-DO DE ASSIS
Nádia Battella Gotlib

KIM
Joseph Rudyard Kipling

MEMÓRIAS DE UM BUR-RO
Condessa de Ségur

O DIÁRIO DE GIAN BUR-RASCA
Vamba

CUORE
Edmondo de Amicis

O CÃO DOS BASKERVIL-LE
Arthur Conan Doyle

VIAGENS DE GULLIVER
Jonathan Swift

A ESCRAVA ISAURA
Bernardo Guimarães

A ILHA DO TESOURO
Robert Louis Stevenson

A VOLTA AO MUNDO EM 80 DIAS
Júlio Verne

AS AVENTURAS DE TOM SAWYER
Mark Twain

CLARA DOS ANJOS
Lima Barreto

ALICE NO PAÍS DAS MA-RAVILHAS
Lewis Carroll

ALICE ATRAVÉS DO ES-PELHO
Lewis Carroll

PETER PAN
J. M. Barrie

O MÁGICO DE OZ
L. Frank Baum

HEIDI, A MENINA DOS ALPES (2 VOL.)
Johanna Spyri

AS MAIS BELAS HISTÓ-RIAS (2 VOL.)
Andersen, Grimm, Perrault

POLLYANNA
Eleanor H. Porter

POLLYANNA MOÇA
Eleanor H. Porter

As mais belas histórias

– Volume 2 –

Andersen, Grimm, Perrault

2ª reimpressão

APRESENTAÇÃO Antonieta Cunha

TRADUZIDO DO INGLÊS POR Marcelo Hauck

autêntica

Copyright © 2016 Autêntica Editora

Todos os direitos reservados pela Autêntica Editora Ltda. Nenhuma parte desta publicação poderá ser reproduzida, seja por meios mecânicos, eletrônicos, seja via cópia xerográfica, sem a autorização prévia da Editora.

EDIÇÃO GERAL
Sonia Junqueira

REVISÃO
Carla Neves
Maria Theresa Tavares

CAPA E PROJETO GRÁFICO
Diogo Droschi
(sobre imagem de Darla Hallmark/Shutterstock)

DIAGRAMAÇÃO
Carol Oliveira

Dados Internacionais de Catalogação na Publicação (CIP)
(Câmara Brasileira do Livro, SP, Brasil)

Andersen, Hans Christian, 1805-1875.
As mais belas histórias, volume 2 / Andersen, Grimm, Perrault ; tradução do inglês por Marcelo Hauck. – 1. ed.; 2. reimp. – Belo Horizonte : Autêntica, 2022.

ISBN 978-85-513-0066-4

1. Contos - Literatura infantojuvenil I. Andersen, Hans Christian, 1805-1875. II. Grimm, Jacob, 1785-1863. III. Grimm, Wilhelm, 1786-1859. IV. Perrault, Charles, 1628-1703. V. Título.

16-08822   CDD-028.5

Índices para catálogo sistemático:
1. Contos : Literatura infantil 028.5
2. Contos : Literatura infantojuvenil 028.5

Belo Horizonte
Rua Carlos Turner, 420
Silveira . 31140-520
Belo Horizonte . MG
Tel.: (55 31) 3465 4500

São Paulo
Av. Paulista, 2.073 . Conjunto Nacional
Horsa I . Sala 309 . Cerqueira César
01311-940 . São Paulo . SP
Tel.: (55 11) 3034 4468

www.grupoautentica.com.br
SAC: atendimentoleitor@grupoautentica.com.br

Apresentação | 7

Cinderela | 14

João e o pé de feijão | 26

As doze princesas dançarinas | 38

Rumpelstiltskin | 46

A rainha da neve | 54

O rouxinol e o imperador da China | 98

A pequena sereia | 114

N.E.

1. O conto de fadas de origem inglesa *João e o pé de feijão* (p. 26) é o único que não foi recontado por Andersen, irmãos Grimm ou Perrault, e sim por Joseph Jacobs (1854-1916), escritor, folclorista e historiador australiano.

2. Todas as versões em inglês dos contos que compõem este livro foram retiradas de www.gutenberg.org.

APRESENTAÇÃO
Antonieta Cunha[*]

Caros pais e professores,

Vocês têm em mãos, possivelmente para sugerir como leitura para suas crianças, uma antologia constituída de uma das formas literárias mais importantes de todos os tempos: os contos de fadas. Nessa leitura, certamente cada um revisitou sua infância e lembrou emoções vividas enquanto essas narrativas eram (re)contadas ou (re)lidas.

Hoje, como ontem, os contos de fadas estão circulando pelo mundo, como clássicos por excelência. Se é verdade, conforme quer o grande autor francês contemporâneo Michel Tournier, que o significado de uma obra de arte pode ser medido pelo número de vezes em que ela é "reescrita" em adaptações e versões variadíssimas, os contos de fadas são de uma importância indiscutível.

A relevância dessas narrativas, no entanto, não impede que, vez a outra, elas sofram restrições, sobretudo a partir do momento em que passam a ser indicadas especialmente para crianças.

Esse é o assunto principal desta introdução, e, para nossa conversa, vale a pena lembrar alguns dados da origem desses contos.

O primeiro ponto a ser considerado é que essas histórias pertencem ao folclore mais antigo, não só da Europa. Com as naturais diferenças devidas à época e ao ambiente, narrativas com núcleo ou tema muito próximos aos do conto de fadas aparecem em culturas mais antigas do que as europeias. E, como acontece ainda hoje, em geral, o folclore não distinguia público: os contos de fadas não eram especificamente para crianças.

Como sempre ocorreu na tradição popular, essas histórias cram passadas oralmente de uma geração a outra, e só começaram a ter registro escrito no fim do século XVII, com o francês Charles Perrault, que quis provar à Academia a importância e a vitalidade

---

[*] Especialista em leitura e literatura para crianças e jovens.

da cultura popular. O livro *Contos da Mamãe Gansa* reuniu histórias que ele coletou entre figuras humildes da população francesa.

Depois dele, já no século XIX, na Alemanha, os irmãos Jacob e Wilhelm Grimm, grandes estudiosos da sua língua pátria e da mais genuína criação do povo alemão, passaram um longo tempo ouvindo as histórias mais tradicionais, e chegaram a escrever 181 contos da tradição oral da Alemanha (embora muitos coincidissem com os pesquisados por Perrault), tentando sempre captar a ingenuidade e o humor dessas narrativas. Seu primeiro livro, *Contos da Infância e do Lar*, de 1810, já evidencia seu interesse em tornar essas histórias ouvidas e lidas também pelas crianças.

Ainda nesse século, na Dinamarca, surge um escritor extraordinário, que, além de registrar os contos populares nórdicos, foi um grande criador de histórias rapidamente adotadas para crianças: Hans Christian Andersen, considerado o criador da literatura infantil. Ao contrário dos anteriores, Andersen é essencialmente triste e lírico, adotando inclusive o final que não é feliz.

Outro dado importante a notar com relação às narrativas de que nos ocupamos é que elas nem sempre apresentam fadas. Por exemplo, não existe essa figura no talvez mais conhecido de todos esses contos, *Chapeuzinho Vermelho*, coletado tanto por Perrault como pelos Grimm. O que todas essas histórias possuem – indefectivelmente – é um elemento mágico, o maravilhoso, responsável por um dom extraordinário, que "põe as coisas em ordem": os inocentes e injustiçados, os pobres desprezados acabam vencendo. A palavra "fada" é da família de "fado", que quer dizer "destino", "sorte" – e o bom destino é garantido pelo extraordinário, que pode surgir de uma fada, um duende, uma bota de sete léguas ou uma galinha de ovos de ouro.

Expostos esses dados iniciais, vejamos algumas restrições levantadas a essas histórias.

Um ponto crucial, já sugerido antes, é a busca de um valor "formativo" nos contos de fadas, uma vez que são preferencialmente apresentados como leitura para crianças, especialmente as mais novas – e aí deparamos com duas críticas de idades diferentes.

A primeira salienta o fato de que, falando de reis e rainhas, de seres imaginários, ou de pessoas que sofrem horrores, abnegadas e resignadas, essas histórias promoveriam a alienação e o conformismo.

A segunda reclamação, mais recente, vem dos "maus exemplos" apresentados por esses contos. Neles, pais muito pobres abandonam seus filhos na floresta, como em *João e Maria*; maridos podem ameaçar com uma surra suas submissas e medrosas esposas, como em *O Pequeno Polegar*; a mentira vale, se é para enriquecer o "mestre", como em *O Gato de Botas*; e, para salvar a pele, o protagonista põe para morrer muitas figuras inocentes, como acontece com as filhas do Ogro, em *O Pequeno Polegar*.

Sem levar em conta a perspectiva do tempo, tais críticas consideram essas histórias com ações e atitudes reprováveis, ou povoadas de figuras fantásticas, prejudiciais à formação dos ouvintes/leitores infantis.

Como responder a essas críticas? O que dizer às pessoas que veem na arte a possibilidade primeira de formar ou deformar o espírito de nossas crianças?

Antes de mais nada, pensemos na experiência de vocês, pais e professores que leem estas páginas: certamente, todos beberam nas águas desses contos. Possivelmente, em diferentes momentos de suas vidas, releram muitos deles. Podem, no entanto, assegurar que não se tornaram assassinos, espancadores de mulheres, ladrões... Nem se tornaram figuras decorativas em seu ambiente: têm opinião, lutam por seus direitos.

Questão importante a considerar, ainda, é a época em que essas narrativas foram contadas e depois registradas: varando séculos, recontadas em lugares diferentes, elas mantêm um fio condutor básico. Fiel à origem, sua ideologia é conservada ao longo dos tempos – exatamente como a literatura de raiz tradicional continua fazendo. Como em nosso próprio folclore, com animais, sacis e figuras populares, todos usando a esperteza e a mentira para vencer os fortes e os poderosos. Vários especialistas insistem neste ponto: alteradas em muitos elementos, retirados os fatos que dão sua sequência típica, tais narrativas perdem o que têm de mais importante.

Com relação a esses "maus exemplos", muitos teóricos reforçam um dado fundamental: a criança (assim como o leitor em geral) sabe que a história que o autor narra não traz fatos reais. O leitor, ou ouvinte, faz um pacto com o autor: sabe que o criador está inventando, e se dispõe a acreditar no que ouve ou lê se a narrativa tiver verossimilhança, quer dizer, uma coerência interna. É a "mentira autorizada", que usamos em todas as artes.

Sobre criar "mentalidades fantasiosas" e alienadas, é preciso lembrar que a fantasia é um componente essencial da nossa personalidade e se comprova em muitas situações do cotidiano do adulto: o sonho, em qualquer dos sentidos da palavra, é uma clara evidência da presença da fantasia em todas as etapas da vida humana.

Quanto à importância da fantasia, sobretudo na formação das crianças, o extraordinário Gianni Rodari avalia que, se as escolas dessem "aula de fantasia" tanto quanto de Matemática, o mundo estaria melhor. (Até porque a fantasia é usada, mesmo na literatura contemporânea, como caminho para falar da realidade mais verdadeira: Ruth Rocha falou de reizinhos mandões durante a ditadura brasileira; Sylvia Orthof falou de uma sociedade autoritária abordando galinheiros; Joel Rufino dos Santos falou da escolha, feita por um pai, de um marido para sua filha, num quase casamento de cutia...)

Por sua vez, outros especialistas, sobretudo psicólogos e psicanalistas, têm demonstrado o quanto tais contos ajudam a criança a crescer, a superar seus medos e aflições: o frio na barriga, os sobressaltos e a descoberta de saídas são importantes na definição de sua estrutura psíquica. Também o perdão, em geral presente nessas narrativas, é ponto importante na compreensão da vida pela criança.

Discutido, ainda que brevemente, o que foi ou é visto como "desvantagem" dos conteúdos dos contos de fadas, gostaria de terminar nossa conversa falando do ponto essencial, aquele que verdadeiramente importa, quando falamos de literatura – tendo ou não como referência os contos de fadas: mais do que a procura desse conteúdo para assegurar uma boa educação para nossas crianças, seria importante pensar no que realmente a arte – e, no nosso caso específico, a literatura – tem de educativa, considerando-se o melhor sentido da palavra "educação".

Hoje, cada vez mais, especialistas reforçam convictamente o que era claro para os antigos: a literatura educa, por princípio, pelo simples fato de ser literatura. Pela construção estética, ela desenvolve a sensibilidade, povoa o imaginário, aprimora a humanidade, abre a mente para uma visão democrática da vida, percebendo as inúmeras possibilidades de interpretação da obra e, por conseguinte, do outro.

Desse modo, o maior valor dos contos de fada é ser literatura (desde que a versão/adaptação escolhida seja adequada). A convicção formada ao longo dos séculos é a de que a ausência dessa literatura é uma lacuna na construção desse ser de que pais e professores querem cuidar, para fazer florescer uma pessoa e um cidadão da melhor qualidade. Independentemente até de, vez ou outra, a criança não gostar da história, ou ficar ensimesmada após a leitura.

E para finalizar, em se falando de leitura, em nenhum momento se pode pensar em exclusividade de uma forma de expressão, de um tipo único de espécie literária. Se queremos desenvolver um leitor crítico e sensível – um leitor para toda a vida –, o importante, sempre, é oferecer aos leitores em formação os mais variados tipos de obras literárias – de diferentes autores, épocas, gêneros, posições e pontos de vista.

Desse modo, desde que seja literatura, cabe muito bem até comparar (ou apenas ler – já que ouvir/ler é sempre o mais importante) boas paródias de algum conto de fadas...

Pequena bibliografia para os interessados em prolongar essa conversa

BETTELHEIM, Bruno. *A psicanálise dos contos de fadas*. São Paulo: Paz e Terra, 1998.

CORSO, Mário; CORSO, Diana. *Fadas no divã: psicanálise na literatura infantil*. Porto Alegre: ARTMED, 2006.

GUTFREIND, Celso. *Narrar, ser pai, ser mãe*. Rio de Janeiro: Difel/ Record, 2010.

HELD, Jacqueline. *O imaginário no poder*. São Paulo: Summus, 1980.

RODARI, Gianni. *Gramática da fantasia*. São Paulo: Summus, 1982.

TATAR, Maria. *Contos de fadas*. São Paulo: Zahar, 2004.

Ilustração de Gustave Doré

Cinderela

Título original:
Cendrillon ou *La Petite Pantoufle de Verre*
(1697)

Charles Perrault

Num tempo que já sumiu no oco do mundo, um cavalheiro viúvo se casou pela segunda vez, e sua esposa era a mulher mais arrogante e esnobe de que já se teve notícia. Ela tinha duas filhas que, aliás, eram exatamente como ela em todos os aspectos. O cavalheiro também tinha uma filha jovem, de bondade rara e temperamento doce herdados da mãe, a melhor criatura do mundo.

Mal a cerimônia de casamento acabou, e o gênio ruim da madrasta começou a se revelar. Ela não tolerava a bondade e a doçura daquela jovem, porque faziam com que suas filhas parecessem ainda mais detestáveis.

A madrasta deu à moça os piores trabalhos da casa. Tinha que lavar pratos e panelas, limpar as mesas, lavar as roupas, esfregar o chão, arrumar os quartos. A pobre moça tinha que dormir no sótão, em uma cama de palha dura e desconfortável, enquanto as irmãs dormiam em quartos elegantes, de piso decorado, camas moderníssimas e espelhos tão grandes que conseguiam se ver de corpo inteiro.

A moça tolerava tudo com paciência e não ousava reclamar com o pai, que acabaria repreendendo-a, porque a esposa o manipulava.

Quando acabava o trabalho, ela costumava ir para perto da lareira e ficar sentada ao lado das cinzas, para se aquecer um pouco no que restava de calor, por isso a chamavam de Gata Borralheira. A filha mais nova da madrasta, que não era tão grosseira e indelicada quanto a mais velha, a chamava de Cinderela.* No entanto, apesar de as roupas de Cinderela serem pobres e sem graça, ela era cem vezes mais bonita que suas irmãs, que sempre usavam roupas luxuosas.

Certo dia, o filho do rei decidiu fazer um baile, e convidou todas as pessoas de prestígio do reino. Nossas jovens senhoritas também foram convidadas, porque ocupavam lugar de destaque na região campestre dos domínios do rei. Elas ficaram contentíssimas com o convite e ocupadíssimas com as tarefas que tinham pela frente: escolher os vestidos, as anáguas e os enfeites de cabeça que mais as embelezariam. Isso fez com que o trabalho já pesado de Cinderela ficasse ainda pior, porque era ela que passava as roupas de

---

* Cinderela é a tradução de Cendrillon, em francês, língua na qual este conto foi escrito. Cendrillon vem de *cendres*, que significa cinzas. (N.E.)

linho e fazia as pregas das saias. O tempo todo, as duas irmãs não falavam em outra coisa além de como iriam se vestir.

– Quanto a mim – dizia a mais velha –, vou usar minha roupa vermelha com adornos franceses.

– E eu – falava a mais nova –, devo usar minha saia de costume, mas, para compensar, vou colocar meu manto de flores douradas e meu corpete enfeitado com diamantes, que está longe de ser o mais comum do mundo.

Mandaram buscar o melhor cabeleireiro que conheciam para terem penteados chiquérrimos e compraram pintas artificiais para enfeitar o rosto. Elas consultavam Cinderela a respeito de todos esses assuntos, porque a jovem tinha muito bom gosto. Ela sempre dava os melhores conselhos e chegava até mesmo a se oferecer para enfeitar o cabelo das irmãs, o que elas adoravam.

Enquanto ajudava as duas, elas lhe perguntaram:

– Cinderela, você não gostaria de ir ao baile?

– Ah, meninas – respondeu ela –, vocês estão zombando de mim. Quem dera eu pudesse ir!

– Você está certa – disse a mais velha –, as pessoas ririam se vissem uma criadinha das cinzas no baile.

Qualquer outra pessoa, com exceção de Cinderela, teria avacalhado os cabelos das megeras, mas a jovem era muito bondosa e os deixou perfeitos.

As irmãs estavam há quase dois dias sem comer para tentar caber em suas roupas. Arrebentaram mais de dez cordinhas tentando apertar ao máximo seus corpetes, para ficarem finas e esbeltas, e passavam o tempo todo em frente ao espelho.

Finalmente, o grande dia chegou. As duas irmãs foram para a corte, e Cinderela as acompanhou com o olhar até onde era possível; quando as perdeu de vista, desatou a chorar.

Sua madrinha, vendo aquilo, perguntou qual era o problema.

– Queria muito poder... queria muito poder... – Mas Cinderela não conseguia completar a frase, de tanto soluçar.

A madrinha, que na verdade era uma fada, disse:

– Você queria muito poder ir ao baile, não é isso?

– Oh, sim, queria, sim! – respondeu Cinderela aos suspiros.

– Bom, por você ser uma boa menina, vou dar um jeito você ir – revelou a madrinha.

Levou a afilhada para seus aposentos e pediu:

– Corra ao jardim e me traga uma abóbora.

Cinderela saiu imediatamente, sem conseguir imaginar de que maneira uma abóbora poderia ajudá-la a ir ao baile. A madrinha retirou todo o miolo do fruto, não deixando nada além da casca. Em seguida, deu uma batida nele com sua varinha, e a abóbora instantaneamente se transformou numa elegante carruagem dourada.

Depois, a madrinha deu uma olhada na ratoeira e encontrou seis camundongos, todos vivos. Ordenou a Cinderela que abrisse parcialmente a porta da armadilha e, à medida que os animaizinhos saíam, dava uma batida neles com sua varinha, e eles se transformavam em imponentes cavalos, que tinham a bela cor acinzentada dos camundongos.

Preocupada por não ter cocheiro, Cinderela sugeriu:

– Vou dar uma olhada se naquela outra ratoeira tem mais algum camundongo... Podemos transformá-lo no cocheiro.

– Tem razão – concordou a madrinha –, vá dar uma olhada.

Cinderela pegou a ratoeira e a levou para a madrinha. Havia três ratos enormes lá dentro. A fada escolheu o que tinha o bigode maior e, ao tocá-lo com sua varinha, o transformou em um cocheiro gordo com os mais belos bigodes e suíças já vistos.

Depois disso, ela pediu:

– Vá ao jardim e encontre cinco lagartos atrás do regador. Traga-os para mim.

Rapidíssimo, Cinderela fez o que mandou a madrinha, que transformou os lagartos em seis lacaios. Eles subiram imediatamente atrás da carruagem, com suas librés adornadas em ouro e prata, e firmaram-se ali como se nunca tivessem feito outra coisa na vida.

A fada então explicou à moça:

– Bom, aqui temos uma carruagem pronta pra ir ao baile. Não está satisfeita com ela?

– Nossa, estou, sim! – afirmou a jovem, entusiasmada. – Mas tenho que ir com estes trapos que estou usando?

Imediatamente, a madrasta encostou sua varinha na bela moça e, na mesma hora, suas roupas se transformaram em um maravilhoso vestido costurado com linhas de ouro e prata, totalmente enfeitado com joias. Feito isso, a fada deu a Cinderela os mais belos sapatos de cristal do mundo.

Devidamente trajada, a jovem entrou na carruagem escutando as instruções da madrinha, que lhe disse para sair do baile antes da meia-noite: se ficasse um instante depois das doze badaladas do relógio, a carruagem voltaria a ser uma abóbora; os cavalos, camundongos; o cocheiro, um rato; os lacaios, lagartos, e as roupas dela se transformariam exatamente nos trapos que eram antes.

Cinderela prometeu à madrinha que faria isso e partiu na carruagem, mal conseguindo se conter de tanta felicidade.

O filho do rei, a quem disseram que uma belíssima princesa desconhecida estava a caminho, correu para recebê-la. Deu a mão à bela moça que descia da carruagem e a acompanhou até o salão onde os convidados se reuniam. Assim que entraram, houve um profundo silêncio: todos pararam de dançar, e o som dos violinos foi interrompido, tão atraídos ficaram os presentes pela especial beleza da recém-chegada. Nada se ouvia além das vozes que se misturavam, elogiando:

– Nossa! Como é bonita! Nossa! Como é linda!

O próprio rei, velho como era, não conseguia tirar os olhos da moça. E cochichou com a rainha que há muito tempo não via uma criatura tão bela e adorável.

Todas as moças se ocuparam de analisar as roupas e o penteado de Cinderela, para que pudessem copiar no dia seguinte, desde que conseguissem encontrar materiais tão requintados e mãos hábeis capazes de reproduzir aquilo.

O filho do rei a conduziu ao assento de honra e depois a levou para o centro do salão. Ela dançou com tanta graciosidade que todos a admiraram ainda mais. Uma refeição leve foi servida, mas o jovem príncipe não comeu nem um bocadinho, tão intensa era a atenção que dedicava à bela desconhecida.

Cinderela sentou-se ao lado das irmãs, demonstrando ser educadíssima e dando a elas, entre outras coisas, um pouco das laranjas e cidras que tinha ganhado do príncipe. Isso as surpreendeu muito, porque não tinham sido apresentadas à princesa misteriosa.

A certa altura, Cinderela ouviu o relógio badalar quinze para a meia-noite. Na mesma hora, despediu-se e foi embora o mais rápido que pôde.

Assim que chegou em casa, correu para encontrar-se com a madrinha e, depois de ter lhe agradecido, falou que desejava muito poder ir ao baile do dia seguinte, porque o próprio filho do rei a tinha convidado. No momento em que, entusiasmada, estava contando para a madrinha tudo o que tinha acontecido no baile, suas duas irmãs bateram na porta, e Cinderela abriu.

– Que tempão vocês ficaram lá! – comentou bocejando, esfregando os olhos e espreguiçando como se tivesse acabado de acordar. Entretanto, não tivera vontade nenhuma de dormir desde que tinha chegado em casa.

– Se você tivesse ido ao baile – disse uma das irmãs –, não teria ficado cansada. A mais requintada das princesas, a mais bela de todos os tempos, compareceu e pôde ser observada por olhos mortais. Ela foi educadíssima conosco e nos deu laranjas e cidras.

Cinderela não demonstrou prazer algum em relação àquilo. Perguntou o nome da princesa, mas elas responderam que não sabiam, que o príncipe estava muitíssimo curioso e daria o mundo para saber quem era aquela moça. Ao ouvir isso, Cinderela indagou, sorrindo:

– Ela era mesmo tão linda assim? Que sorte vocês tiveram! Será que eu posso vê-la? Ah! Querida Senhorita Charlotte, me empresta aquela roupa amarela que você usa todo dia?

– Credo, você está maluca! – repreendeu Charlotte. – Vê lá se eu vou emprestar minha roupa pra uma criadinha borralheira imunda igual a você! Só faria uma coisa dessas se estivesse ficando doida.

Cinderela, na verdade, esperava uma resposta desse tipo e ficou muito contente com a recusa: teria ficado triste e aborrecida se a irmã tivesse lhe emprestado o que ela tinha pedido como zombaria.

No dia seguinte, as duas irmãs foram ao baile, assim como Cinderela, vestida de maneira ainda mais magnífica do que antes. O filho do rei ficou o tempo todo ao lado dela, suas belas declarações nunca terminavam, e elas de modo algum aborreciam a jovem. Na verdade, fizeram com que se esquecesse completamente das ordens da madrinha, tanto que só se deu conta da hora quando escutou as doze badaladas do relógio: para ela, ainda não passava das onze. Então, levantou-se e fugiu, ligeira como um raio. O príncipe a seguiu, mas não conseguiu alcançá-la. Na correria, Cinderela deixou para trás um de seus sapatinhos de cristal, que o príncipe pegou com muitíssimo cuidado.

A jovem chegou em casa quase sem fôlego, sem a carruagem e com suas velhas roupas. De todo o seu elegante vestuário, tinha sobrado apenas um pé dos sapatinhos, o par daquele que tinha perdido.

Enquanto isso, no palácio, todos perguntavam aos guardas do portão se tinham visto uma princesa saindo, e eles respondiam que não viram ninguém sair além de uma jovem muito malvestida, que aparentava mais ser uma garota pobre do campo do que uma jovem princesa.

Quando as duas irmãs retornaram, Cinderela perguntou se tinham se divertido no baile e se a requintada jovem tinha ido. Elas responderam que sim, mas que a moça tinha saído às pressas assim que deu meia-noite, com tanta afobação que acabou deixando para trás um de seus sapatinhos de cristal, o mais bonito do mundo, e que o filho do rei o tinha pegado. Além disso, contaram que ele não tinha feito nada além de olhar para ela o tempo todo, e que certamente estava apaixonadíssimo pela bela dona do sapato de cristal.

O que as duas disseram era verdade, pois, alguns dias depois, o filho do rei proclamou, ao som de trombetas, que se casaria com aquela cujo pé se encaixasse perfeitamente no sapato. Os ajudantes do rei começaram a experimentá-lo em princesas, depois em duquesas, depois em todas as damas da corte, mas foi tudo em vão.

O sapatinho foi levado até as duas irmãs, que fizeram o que podiam para enfiar à força o pé no sapato, só que não conseguiram.

Cinderela, vendo aquilo e sabendo que o sapato era seu, disse, rindo:

– Posso ver se cabe em mim?

As irmãs caíram na gargalhada e começaram a ridicularizá-la. O homem enviado para fazer com que experimentassem o sapato lançou um olhar sério para Cinderela e, achando-a muito bonita, disse que era justo que ela também participasse e que ele tinha ordens para deixar todas as moças tentarem.

Em seguida, pediu a Cinderela que se sentasse e, colocando o sapato no pé dela, percebeu que entrava com facilidade e que servia como se tivesse sido feito para ela. O espanto das duas irmãs foi gigantesco, e aumentou ainda mais quando a jovem tirou do bolso o outro pé do sapatinho e o calçou. Logo em seguida, a fada madrinha entrou no recinto e, tocando as roupas de Cinderela com a varinha de condão, transformou-as em trajes mais magníficos do que os anteriores.

Foi assim que as duas irmãs se deram conta de que era Cinderela a bela "princesa" que tinham visto no baile. Imediatamente, jogaram-se aos pés da moça para implorar perdão pela maneira cruel com que a tratavam. Cinderela as ajudou a se levantar e, ao abraçá-las, disse que as perdoava de todo o coração e pediu que a amassem para sempre.

Cinderela foi levada ao jovem príncipe vestida com as roupas suntuosas. Ele achou-a mais fascinante do que nunca e, alguns dias depois, eles se casaram numa festa que durou três dias e três noites.

A princesa Cinderela, que era tão boa quanto bonita, deu às duas irmãs um lar no palácio e, naquele mesmíssimo dia, casou as duas com dois lordes da corte.

Que aconteceu, aconteceu... Só não sei se você foi à festa, como eu! ■

Ilustração de W. Heath Robinson

Ilustração de Arthur Rackham

João e o pé de feijão

Título original:
Jack and the Beanstalk
(1890)

Joseph Jacobs

Muito, muito lá atrás no tempo, quando estranhas e surpreendentes coisas aconteciam, havia uma viúva que tinha apenas um filho, João, e uma vaca chamada Alvinha. Tudo o que tinham para sobreviver era o leite que ela dava todas as manhãs, que mãe e filho levavam para vender no mercado.

Certa manhã, a vaquinha não deu leite, e os dois ficaram meio perdidos.

— O que vamos fazer, o que vamos fazer? — indagava a viúva, esfregando as mãos.

– Anime-se, mãe. Vou conseguir trabalho em algum lugar – disse João.

– Já tentamos isso antes, mas ninguém quis te contratar – reclamou a mãe. – Temos que vender a Alvinha e, com o dinheiro, fazer algo, abrir uma lojinha... sei lá, fazer alguma coisa.

– Está bem, mãe – disse João. – Hoje o mercado abre; daqui a pouco vou vender a Alvinha e depois a gente vê o que fazer.

O menino agarrou o cabresto da vaca e começou a caminhar. Não tinha ido muito longe quando encontrou um velhinho de aparência engraçada que o cumprimentou:

– Bom dia, João.

– Bom dia pro senhor – disse João, se perguntando como aquele sujeito sabia seu nome.

– E então, João, aonde está indo?

– Vou ao mercado vender esta vaca.

– Oh, você me parece o tipo certo pra vender uma vaca – elogiou o sujeito. – Consegue decifrar o enigma de como carregar cinco feijões?

– Dois em cada mão e um na boca – respondeu João, espertíssimo.

– Você está certo. E aqui estão os feijões – disse o sujeito, tirando do bolso alguns grãos meio esquisitos. – Já que é tão esperto, não me importo de fazer uma troca com você: sua vaca por estes feijões.

– Sai pra lá! – retrucou João. – Está querendo me passar a perna?

– Ah! Você não sabe que feijões são estes – argumentou o velhinho. – Se plantá-los à noite, de manhã eles terão crescido até o céu.

– Sério? Você está de brincadeira...

– É sério, sim. Se não for verdade, você pode pegar sua vaca de volta.

– Está certo – concordou João, entregando o cabresto de Alvinha para ele e enfiando os feijões no bolso.

João voltou para casa e, como não tinha ido muito longe, ainda não estava escuro quando chegou.

– Voltou cedo, João! – disse a mãe. – A Alvinha não está com você, então conseguiu vendê-la. Quanto conseguiu por ela?

– Você nunca vai adivinhar, mãe – respondeu João.

– Não brinca com uma coisa dessas, menino. Bom garoto! Cinco moedas? Dez? Quinze? Não, não me diga que foram vinte!

– Eu disse que não ia conseguir adivinhar. O que me diz destes feijões? Eles são mágicos, nós os plantamos à noite e...

– O quê?! – gritou a mãe de João. – Como pôde ter sido tão estúpido, tão bobo, tão idiota a ponto de trocar a Alvinha, a maior leiteira da região, que podia ser transformada em carne de primeira, por um punhado de feijões desprezíveis? Olha só o que eu faço com seus preciosos feijões... Lá vão eles pela janela! Já pra cama. Não vai comer nem beber nadinha esta noite.

João subiu para seu quartinho no sótão sentindo-se triste e chateado, tanto por causa da mãe quanto pela perda do jantar.

Depois de muito tempo, caiu no sono.

Quando acordou, o quarto estava muito esquisito. O sol brilhava em uma parte dele, porém todo o restante estava escuro e sombrio. João deu um pulo da cama, trocou de roupa e foi à janela. E o que você acha que ele viu? Ora, os feijões que a mãe tinha jogado no quintal haviam brotado e se transformado em um enorme pé de feijão que subia, subia, subia e chegava até o céu. O homem tinha falado a verdade, então!

O pé de feijão tinha crescido bem perto da janela de João, por isso ele precisava apenas pular para a árvore, que tinha o formato parecido com o de uma grande escada de mão.

Foi o que João fez, começando logo a subir. Subiu, e subiu, e subiu, e subiu, e subiu, e subiu, e subiu até que, por fim, chegou ao céu. Lá, deparou-se com uma estrada comprida e larga que se espichava, reta como uma flecha. O rapaz caminhou, e caminhou, e caminhou até chegar a uma casa robusta e altíssima; na porta, viu uma mulher também robusta e alta.

– Bom dia, senhora – cumprimentou João com muita gentileza. – Você faria a bondade de me dar café da manhã?

(Afinal, como você sabe, ele não tinha comido nada na noite anterior e estava faminto como um caçador.)

– É café da manhã o que você quer, é? – perguntou a mulher. – Café da manhã é o que vai virar se não se mandar daqui. Meu marido é um ogro, e o que ele mais gosta é de menino grelhado com torrada. Dá um jeito de escapulir daqui, senão logo, logo ele aparece.

– Ai, por favor, senhora, me dá alguma coisa pra comer! Não como nada desde ontem, é verdade mesmo, senhora – implorou João. – Pra mim não faz diferença morrer grelhado ou de fome.

Como não era assim tão má, a mulher do ogro levou João até a cozinha e lhe deu um pedação de pão com queijo e um copo de leite. Mas João não tinha chegado à metade quando... TUM! TUM! TUM! A casa toda começou a tremer com o barulho de algo que se aproximava.

– Ai, meu Deus do céu! É o meu marido – assustou-se a mulher do ogro. – O que vou fazer? Aqui, corre e pula aqui dentro.

Ela enfiou João às pressas dentro do forno, bem na hora em que o ogro entrou.

De fato, ele era enorme. No cinto, trazia três bezerros pendurados pelas patas. Ele os desamarrou, jogou sobre a mesa e disse:

– Aqui, mulher, grelha dois desses pro meu café da manhã. Peraí... que cheiro é este?

Fuim fuou fuom fuão
Sinto cheiro de sangue novo
Esteja ele vivo, esteja morto
Sua carne recheará meu pão!

– Que bobagem, querido – disse a esposa. – Você está sonhando. Ou talvez esteja sentindo o cheiro dos restos daquele garotinho que tanto gostou de comer no jantar de ontem. Olha só, vai lá, toma um banho, se arruma e, quando voltar, seu café da manhã já vai estar pronto.

O ogro foi embora, e João estava quase pulando do forno e fugindo quando a mulher lhe disse para não fazer aquilo.

– Espera até ele pegar no sono – sugeriu ela. – Ele sempre tira um cochilo depois do café.

O ogro comeu, depois foi até um baú grande, tirou alguns sacos de ouro e sentou-se para contá-los. Depois de um tempo, começou a cabecear de sono e logo estava roncando, de modo que a casa toda chacoalhava.

Com muito cuidado, João saiu do forno na pontinha dos pés e, quando estava passando em frente ao ogro, tirou um dos sacos de ouro de debaixo do braço dele e, como um verdadeiro atleta, saiu correndo até chegar ao pé de feijão. Jogou a sacola de ouro lá embaixo – e ela, é claro, caiu no quintal da mãe. Depois desceu, e desceu, e desceu até que chegou em casa. Contou tudo para a mãe, mostrou o saco de ouro e falou:

– Mãe, não é que eu estava certo sobre os feijões? Eles eram mágicos mesmo, viu?

Mãe e filho viveram às custas daquele ouro por um tempo, mas ele chegou ao fim, e João resolveu tentar a sorte mais uma vez lá no alto do pé de feijão. Num belo dia, levantou cedo, foi até o pé de feijão e subiu, e subiu, e subiu, e subiu, e subiu, e subiu; por fim, chegou à larga estrada e foi até a casa robusta e altíssima. Na porta, como era de se esperar, estava a mulher robusta e alta.

– Bom dia, senhora – cumprimentou João, com a cara mais deslavada do mundo. – Você poderia fazer a bondade de me dar algo para comer?

– Vai embora, menino – disse a mulher altíssima –, senão meu marido vai te transformar no café da manhã dele. Peraí... Você não é o jovem que veio aqui um tempo atrás? Sabia que, bem naquele dia, meu marido perdeu uma das sacolas de ouro dele?

– Que estranho, senhora – comentou João. – Eu ouso dizer que tenho algo para lhe contar a respeito disso, mas estou com tanta fome que não consigo falar até comer alguma coisa.

A mulher robusta ficou tão curiosa que o levou para dentro e lhe deu algo para comer. Ele mal tinha começado a dar suas barulhentas e lentas mastigadas quando... TUM! TUM! TUM! Escutaram os passos do gigante, e a mulher escondeu João no forno.

Tudo aconteceu igual à outra vez. O ogro chegou, como na vez anterior, falou *"Fuim fuou fuom fuão"*, tomou o café da manhã – três bois grelhados – e disse:

– Mulher, traga a galinha que bota ovos de ouro.

A mulher levou a galinha, e o ogro ordenou:

– Bote.

E a galinha botou um ovo todinho de ouro. Depois, o ogro começou a cabecear de sono e a roncar até a casa chacoalhar.

João saiu do forno na pontinha dos pés e agarrou a galinha na maior rapidez. Mas ela cacarejou, o que acordou o ogro. Assim que João saiu da casa, escutou o gigante gritando:

– Mulher, mulher, o que você fez com a minha galinha de ouro?

Ela respondeu:

– Por que, meu amor?

E foi somente isso que João ouviu, porque saiu correndo na direção do pé de feijão e desceu apressado, como se fugisse de um incêndio. Quando chegou em casa, mostrou à mãe a maravilhosa galinha e disse:

– Bote.

E ela botava um ovo de ouro toda vez que ele repetia essa palavra.

Só que João não estava satisfeito, e não demorou muito para decidir dar mais uma chance à sorte e subir no pé de feijão. Então, numa bela manhã, ele levantou cedo, foi até o pé de feijão e subiu, e subiu, e subiu, e subiu até chegar ao topo. Dessa vez, sabia que não valia a pena ir direto à casa do ogro. Quando chegou perto dela, se escondeu atrás de um arbusto até ver a mulher do ogro sair com um balde para buscar água. João aproveitou para entrar sorrateiramente na casa e se esconder em uma caldeira de cobre. Não estava lá há muito tempo quando... TUM! TUM! TUM! Logo, entraram o ogro e sua mulher.

– *Fuim fuou fuom fuão*, sinto cheiro de sangue novo – vociferou o ogro. – Estou sentindo o cheiro dele, mulher! Estou sentindo, sim.

– Está sentindo mesmo, meu querido? – perguntou a mulher. – Ah, se é aquele pilantrinha que roubou seu ouro e a galinha que bota ovos de ouro, ele com certeza entrou no forno.

E os dois correram para o forno. Mas, por sorte, João não estava lá, e a mulher do ogro falou:

– Já vem você de novo com esse "fuim fuou fuom fuão". Ora, é claro que é o cheiro do rapaz que você pegou ontem à noite e que eu grelhei para o seu café da manhã. Sou esquecida demais, e você, muito desatento. Não sabe nem diferenciar um menino vivo de um morto!

Então, o ogro se sentou para tomar café da manhã, mas vez e outra resmungava:

– Eu podia jurar...

E se levantava para procurar na despensa, nos armários e em todos os lugares. Por sorte, não pensou em olhar na caldeira de cobre.

Depois que terminou o café, o ogro chamou:

– Mulher, mulher, traga a harpa de ouro.

Ela pegou o instrumento e colocou em cima da mesa em frente ao marido.

O ogro ordenou:

– Toque!

E a harpa de ouro tocou a mais bela das músicas. E seguiu tocando até que o ogro caiu no sono e começou com seus roncos que mais pareciam trovões. Rapidamente, João levantou a tampa da caldeira, saiu como um camundongo e engatinhou até chegar à mesa, onde se levantou, agarrou a harpa de ouro e se lançou em alta velocidade na direção da porta. Mas a harpa berrou, alto:

– Mestre! Mestre!

E o ogro acordou bem a tempo de ver João sair correndo pela porta com sua harpa mágica.

João corria o mais rápido que podia. O ogro disparou atrás dele e o teria alcançado se João não tivesse saído primeiro, se esquivado, e se não soubesse para onde estava indo. Quando chegou ao pé de feijão, o ogro, que estava a pouco menos de vinte metros, de repente viu João desaparecer. Chegando ao fim da estrada, viu o menino lá embaixo, descendo às pressas para salvar sua preciosa vida. Mas o ogro não confiava em escadas de mão daquele tipo, e ficou parado, o que fez João distanciar-se ainda mais dele. Nesse exato momento, a harpa chamou:

– Mestre! Mestre!

O ogro então se dependurou no pé de feijão, que balançou com seu peso. João descia e, atrás dele, descia o ogro. João desceu, e desceu, e desceu, até que chegou bem perto de casa e berrou:

– Mãe! Mãe! Traz o machado! Traz o machado pra mim!

A mãe saiu correndo com o machado na mão, mas, ao chegar ao pé de feijão, ficou paralisada de medo ao ver o ogro descendo por entre as nuvens.

João pulou, agarrou o machado, golpeou o pé de feijão e o rachou no meio. O ogro estremeceu ao sentir o pé de feijão balançar, e parou para ver o que estava acontecendo. Nesse momento, João deu mais uma machadada: o pé de feijão se quebrou e começou a tombar. O ogro despencou, rachando a cabeça, e o pé de feijão desabou em seguida.

João mostrou a harpa de ouro para a mãe. Com os espetáculos e shows que passaram a fazer com ela, e com as vendas dos ovos de ouro, ficaram muito ricos. Ele se casou com uma belíssima princesa e viveram felizes para sempre.

Essa história é verdadeira, quem me contou foi o João, que até me deu um feijão... ■

Ilustração de John D. Batten.

Ilustração de Arthur Rackham

As doze princesas dançarinas

Título original:
Die zertanzten Schuhe
(1812)

Jacob e Wilhelm Grimm

Num tempo estranho e distante, numa terra atrás de montanhas intransponíveis, vivia um rei que tinha doze filhas, doze belas princesas. Elas dormiam em doze camas, todas no mesmo quarto, e, quando iam se deitar, as portas eram fechadas e trancadas por fora. Porém, toda manhã, os sapatos das princesas estavam muito estragados, gastos, como se elas tivessem caminhado ou dançado a noite inteirinha. E esse era um grande mistério no reino: ninguém conseguia descobrir como aquilo acontecia nem aonde as princesas tinham ido.

Então, o rei espalhou que quem conseguisse desvendar o segredo e descobrir aonde as princesas iam durante a noite teria o direito de pedir a mão de uma delas em casamento; e, depois de sua morte, essa pessoa se tornaria rei. Mas aquele que tentasse e não obtivesse sucesso depois de três dias, seria condenado à morte.

Logo apareceu um príncipe vindo de outro reino. Foi muito bem-acolhido, e à noite o levaram para um aposento ao lado do quarto onde ficavam as doze camas das princesas. Ali, ele se posicionou para vigiar e descobrir aonde elas iam à noite. Para que nada acontecesse sem ele escutar, deixou a porta de seu aposento aberta. Mas ele logo caiu no sono e, quando acordou de manhã, descobriu que as princesas tinham andado ou dançado muito, porque as solas de seus sapatos estavam gastas, cheias de buracos. A mesma coisa aconteceu na segunda e na terceira noite; então, o rei ordenou que cortassem a cabeça do candidato a marido.

Depois dele, vários outros apareceram, mas todos tiveram igual sorte, e perderam a vida da mesma maneira.

Um dia, por acaso, um velho soldado, que tinha sido ferido em batalha e não podia mais lutar, passou pelo reino. Quando andava pela floresta, encontrou uma velhinha que perguntou aonde ele estava indo.

– Não sei pra onde vou, nem sei bem o que fazer – disse o soldado –, mas acho que gostaria muito de descobrir que lugar é esse aonde as princesas vão e, assim, no devido tempo, me tornar rei.

– Bom, essa não é uma tarefa difícil – comentou a velhinha. – Só tome cuidado pra não beber o vinho que uma das princesas levará para você à noite e, assim que ela for embora, finja que está profundamente adormecido.

Em seguida, ela lhe entregou um manto e revelou:

– No momento em que colocar este manto, ficará invisível e será capaz de seguir as princesas aonde elas forem.

Depois de escutar todos aqueles belos conselhos, o soldado decidiu tentar a sorte: foi até o rei e informou que estava disposto a enfrentar a missão.

O soldado foi tão bem-acolhido quanto os príncipes, e o rei ordenou que providenciassem trajes reais para ele. Quando a noite chegou, o levaram para o aposento próximo ao quarto das princesas. Quando estava prestes e se deitar, a filha mais velha levou para ele uma taça vinho, mas o soldado disfarçou e jogou tudo fora, tomando cuidado para não beber uma gotinha sequer. Depois, se deitou e, em pouco tempo, começou a roncar, fazendo muito barulho, como se estivesse dormindo profundamente. Quando as doze princesas escutaram o barulhão, caíram na gargalhada, e a mais velha disse:

– Esse cara também podia ter feito alguma coisa mais inteligente do que perder a vida desse jeito!

Elas se levantaram, abriram as gavetas e os baús, pegaram suas roupas mais refinadas, vestiram-se em frente ao espelho e começaram a saltitar, como se estivessem ansiosas para começar a dançar. Porém a mais jovem disse:

– Não sei o que está acontecendo. Vocês estão nessa felicidade toda, mas eu me sinto muito apreensiva. Tenho certeza de que algo ruim vai acontecer.

– Deixa de ser boba – ridicularizou a mais velha. – Você tem medo de tudo! Já esqueceu a quantidade de príncipes que ficaram nos vigiando em vão? E esse soldado aí, mesmo que eu não tivesse lhe dado a bebida com sonífero, ele teria dormido profundamente.

Quando estavam prontas, foram dar uma olhada no soldado, que continuava roncando e não mexia nem um dedinho. Acreditando que estavam a salvo, a mais velha subiu em sua cama e bateu palmas, a cama afundou no assoalho e um alçapão se abriu. O soldado viu as princesas, uma após a outra, lideradas pela mais velha, descerem pelo alçapão. Concluiu que não tinha tempo a perder: levantou-se num pulo, colocou o manto que a mulher havia lhe dado e, invisível, seguiu as moças. No meio das escadas, pisou sem querer no vestido da princesa mais jovem, que gritou para as irmãs:

– Tem alguma coisa errada! Alguém segurou meu vestido.

– Deixa de ser boba, criatura! – retrucou a mais velha. – Foi só um prego na parede.

Elas continuaram a descer e, lá embaixo, chegaram a um bosque com árvores encantadoras, cujas folhas, todas de prata, cintilavam e brilhavam que era uma beleza. O soldado quis pegar uma prova da existência daquele lugar e quebrou um pequeno galho, fazendo um barulhão. Com isso, a princesa mais nova falou de novo:

– Estou certa de que tem alguma coisa errada. Vocês escutaram esse barulho? Isso nunca aconteceu.

Mas a mais velha respondeu:

– São só nossos príncipes, gritando de alegria por causa da nossa chegada.

Elas passaram por outro bosque cheinho de árvores cujas folhas eram de ouro; em seguida, por um terceiro, no qual as folhas eram de diamantes. O soldado quebrou um galho de cada árvore, e todas as vezes o barulhão fazia a princesa mais nova tremer de medo; mas a mais velha continuava insistindo que eram apenas os príncipes gritando de alegria. Elas seguiram caminhando até chegarem a um lago; às margens, doze barquinhos, com doze belos príncipes, pareciam estar aguardando suas princesas.

As moças foram cada uma para um barco, e o soldado, invisível, entrou no da mais jovem. Enquanto remava, o príncipe do barco da princesa mais jovem comentou:

– Não sei o que está acontecendo. Por mais que eu use toda a minha força, nós não estamos nos movendo tão rápido quanto de costume, e eu estou bem cansado: o barco parece estar mais pesado hoje.

– É que hoje está muito quente – comentou a princesa.

– Eu também estou sentindo muito calor.

Do outro lado do lago, ficava um castelo com uma iluminação belíssima, e dele ecoava uma música alegre, com cornetas e trombetas. Todos os barcos atracaram, e seus ocupantes entraram no castelo.

Os príncipes logo começaram a dançar com suas princesas, e o soldado, que permaneceu invisível o tempo todo, acompanhava a dança. Sempre que uma das princesas deixava uma taça de vinho de lado, ele a bebia inteira, e, quando a moça a colocava na boca novamente, estava vazia. Isso também fazia com que a princesa mais jovem ficasse terrivelmente apavorada. Só que a mais velha sempre a silenciava. Continuaram dançando até as três da manhã, quando seus sapatos já estavam desgastados, e elas foram obrigadas a ir embora. Os príncipes remaram novamente levando-as pelo lago, mas dessa vez o soldado foi no barco da princesa mais velha. Na margem oposta, despediram-se, e as princesas prometeram retornar na noite seguinte.

Quando elas chegaram à escada, o soldado correu na frente e foi se deitar. As doze irmãs, muito cansadas, subiram lentamente e escutaram o ronco, dizendo:

– Estamos totalmente seguras agora.

Elas tiraram as roupas refinadas e as guardaram, descalçaram os sapatos e foram dormir. De manhã, o soldado não disse nada a respeito do que tinha acontecido, pois estava determinado a observar um pouco mais daquela estranha aventura; por isso, fez a mesma coisa na segunda e na terceira noite. Os acontecimentos eram exatamente os mesmos, sempre: as princesas dançavam até seus sapatos ficarem despedaçados e voltavam para casa. Entretanto, na terceira noite, o soldado levou uma das flores de ouro que enfeitavam o salão do castelo como prova de que estivera lá.

Assim que chegou o momento de revelar o segredo, ele foi conduzido aos aposentos reais, levando consigo os três galhos e a flor de ouro. As doze princesas ficaram escutando atrás da porta.

Quando o rei perguntou "Onde minhas doze filhas vão à noite?", o soldado contou tudo o que tinha acontecido e mostrou os três galhos e a flor de ouro. O rei chamou as princesas e perguntou se aquilo era verdade. Ao perceberem que tinham sido descobertas, não havia por que negar o que acontecia, então confessaram tudo.

O rei, depois de dar um sermão nas filhas, perguntou qual delas o soldado escolheria como esposa, e ele respondeu:

– Não sou muito jovem, então vou ficar com a mais velha.

O soldado e a princesa se casaram naquele mesmo dia, e logo ele foi declarado sucessor do rei.

Foi assim que foi, e se não foi, faz de conta que sim! ∎

Ilustração de H. J. Ford

Rumpelstiltskin

Título original:
Rumpelstilzchen
(1812)

Jacob e Wilhelm Grimm

Era uma vez, há mais de dez toneladas de tempo, num reino muito distante, um moleiro bem pobre que tinha uma filha muito bonita. Um dia, ele teve a oportunidade de conversar com o rei e, para impressioná-lo, inventou:

– Tenho uma filha que consegue fiar palha e transformá-la em ouro.

O rei se admirou:

– Oh, essa é uma capacidade que muito me agrada! Se sua filha é tão habilidosa assim, leve-a ao castelo amanhã para ela provar o que está dizendo.

No dia seguinte, quando a filha do moleiro chegou, o rei a levou para um cômodo cheinho de palha. Depois de entregar a ela uma roda de fiar e um carretel, ele ordenou:

– Comece a trabalhar agora. Fie a noite inteira. Se de manhã não tiver transformado essa palha em ouro, terá que morrer.

Em seguida, o rei trancou a porta e ela ficou lá dentro, completamente sozinha.

A moça, pobrezinha, ficou trancafiada sem saber o que fazer para salvar sua vida. Não tinha nem ideia de como fiar palha, ainda mais transformá-la em ouro... Foi ficando cada vez com mais medo, até que, por fim, começou a chorar.

De repente, alguém abriu a porta. Um homenzinho entrou e disse:

– Boa noite, senhorita, por que chora tanto?

– Ai de mim, tenho que fiar palha e transformá-la em ouro, só que não sei como fazer isso! – respondeu a jovem.

Então o homenzinho perguntou:

– O que me dá se eu fiar pra você?

– Meu colar – ofereceu ela.

O homenzinho pegou o colar, sentou-se em frente à roda de fiar, girou-a três vezes – *chic, chic, chic* – e encheu um carretel. Em seguida, deu mais três voltas – *chic, chic, chic* – e encheu o segundo carretel. O tempo todo, ele cantava:

Vou rodando, vou rodando,
dá uma olhada, vá espiando!
Vou fiando, vou fiando,
palha em ouro transformando!

E assim continuou até de manhã, quando toda a palha estava fiada e os carretéis, repletos de ouro.

Ao nascer do sol, o rei apareceu e, quando viu aquilo, ficou surpreso e feliz, mas, em seu coração, a ganância por ouro aumentou. Então levou a filha do moleiro para outro cômodo, maior que o primeiro e também cheio de palha. Ordenou que a moça, se desse valor à própria vida, fiasse tudo em uma noite.

Ela não sabia o que fazer e, mais uma vez, começou a chorar. Novamente, a porta foi aberta, o homenzinho apareceu e perguntou:

– O que você me dá se eu fiar a palha e transformá-la em ouro?

– O anel que está no meu dedo – respondeu a moça.

O homenzinho pegou o anel e começou a girar a roda de fiar – *chic, chic* –, enquanto assoviava e cantava:

Vou rodando, vou rodando,
dá uma olhada, vá espiando!
Vou fiando, vou fiando,
palha em ouro transformando!

De manhã, tinha transformado toda a palha em brilhantes fios de ouro. O rei transbordou de felicidade quando viu aquilo. Mas aquela quantidade de ouro ainda não era suficiente para ele, que levou a filha do moleiro para um cômodo ainda maior e lotado de palha.

– Hoje à noite você vai fiar tudo isto. Se conseguir, se tornará minha esposa – disse.

O que se passava na cabeça do rei era: "Ela pode ser apenas a filha de um moleiro, mas em nenhum lugar do mundo conseguirei encontrar esposa mais rica".

Quando a moça ficou sozinha, o homenzinho voltou pela terceira vez e perguntou:

– O que vai me dar se eu fiar a palha, desta vez?

– Não tenho mais nada para lhe dar – respondeu ela.

– Então, prometa que, depois que se tornar rainha, me dará seu primeiro filho.

"Quem sabe o que vai acontecer?", pensou a filha do moleiro, e, sem saber o que mais poderia fazer, aceitou a exigência do homenzinho. Em troca, uma vez mais ele fiou a palha e a transformou em ouro.

Quando, de manhã, o rei apareceu e viu tudo exatamente do jeito que queria, mandou os serviçais do castelo tomarem as providências e, cumprindo sua palavra, casou-se com ela. E a bela filha do moleiro tornou-se rainha.

Um ano depois, a rainha trouxe ao mundo uma linda criança. Ela não pensava mais no homenzinho, mas um dia ele apareceu de repente no quarto e exigiu:

– Me dê agora aquilo que prometeu.

A rainha ficou apavorada e lhe ofereceu toda a riqueza do reino se a deixasse ficar com a criança, mas o homenzinho retrucou:

– Não. Algo com vida é muito mais precioso para mim do que todos os tesouros do mundo.

A rainha lamentou e chorou tanto que o homenzinho ficou com pena e cedeu.

– Vou te dar três dias. Se nesse período você descobrir qual é o meu nome, poderá ficar com a criança.

A rainha passou a noite inteira pensando nos nomes que conhecia. Depois mandou mensageiros percorrerem o reino para descobrir, em todos os lugares, todos os nomes que existiam. Quando o homenzinho voltou, no dia seguinte, ela começou:

– Kaspar, Melchior, Balzer... – e pronunciou, um a um, todos os nomes que conhecia. Depois de cada um deles, o homenzinho falava:

– Esse não é o meu nome.

No segundo dia, ela ordenou que fossem descobertos os nomes das pessoas que moravam nos reinos vizinhos. Quando o homenzinho chegou, tentou os nomes mais incomuns e curiosos:

– O seu nome é Beastrib? Muttoncalf? Legstring?

– Esse não é o meu nome – ele sempre respondia.

No terceiro dia, um mensageiro voltou e contou:

– Não consegui descobrir mais nenhum nome, mas, quando eu estava chegando perto da montanha mais alta, nas profundezas da floresta, onde a raposa e a lebre se dão boa noite, vi uma casinha. Havia uma fogueira em frente a ela e um homenzinho muito engraçado dançava em volta, pulando em uma perna só e cantando:

Hoje é dia de comida, amanhã é de bebida,
E depois eu vou buscar
O principezinho pra mim,
Porque ninguém vai saber, nesta e em outra vida,
Que meu nome é... Rumpelstiltskin!

Dá para imaginar como a rainha ficou feliz ao escutar esse nome. Logo depois, o homenzinho chegou e perguntou:

– Então, majestade, qual é o meu nome?

Ela começou:

– O seu nome é Kunz?

– Não.

– Fritz? Kurt? Maximilian? Ludwig?
– Não e não e não e não!
– Me diga, então: o seu nome não seria... Rumpelstiltskin?
– Foi o diabo que te contou! Foi o diabo que te contou! – berrou o homenzinho, e, furioso bateu o pé direito com tanta força no chão que suas pernas entraram inteirinhas para dentro do corpo. Aí, com as duas mãos, ele agarrou o pé esquerdo e rasgou-se pela metade, desaparecendo em seguida como uma bolha de sabão.

Foi assim que ouvi, é assim que conto, e você... se quiser, aumente um ponto! ∎

Ilustração de Arthur Rackham

Ilustração de H. J. Ford

A rainha da neve

....

Título original:
Snedronningen
(1844)

Hans Christian Andersen

Primeira história
Aquela que descreve um espelho e seus fragmentos

reste atenção no começo desta história que aconteceu em um tempo que era e não era, pois, quando chegarmos ao final, teremos mais conhecimento do que agora sobre um *hobgoblin** muito maligno.

Esse era um dos piores, um verdadeiro demônio. Certo dia, quando estava de bom humor, ele criou um espelho que tinha o poder de

---

* Termo usado em contos populares nórdicos para descrever um espírito travesso. Trata-se de uma criatura que mede 1,40m, podendo atingir a altura de um humano, e é parecido com um *goblin*, criatura verde que se assemelha a um duende. (N. E.)

fazer tudo o que era bom ou bonito, quando refletido nele, encolher-se a ponto de se transformar em quase nada; por outro lado, tudo o que era desprezível e mau ficava gigantesco. As mais belas paisagens pareciam espinafre refogado; as pessoas ficavam medonhas e pareciam feitas apenas de cabeças sem corpos. Seus semblantes ficavam tão distorcidos que ninguém conseguia reconhecê-las, e até mesmo uma pequenina sarda no rosto espalhava-se sobre todo o nariz e a boca.

O *hobgoblin* achava aquilo muito divertido. Quando uma ideia boa ou piedosa passava pela cabeça de alguém, o espelho a distorcia completamente. O demônio dava gargalhadas com sua ardilosa invenção. Todos aqueles que frequentavam a escola do demônio – sim, o demônio tinha uma escola – contavam, por onde fossem, as maravilhas que tinham visto, e declaravam que agora as pessoas podiam, pela primeira vez, ver como o mundo e a humanidade realmente eram.

Os alunos do demônio levaram o espelho para todos os lugares, até que, por fim, não existia mais terra nem pessoa que não tivesse sido refletida por aquele espelho distorcido. Decidiram, então, voar com ele até o céu para verem os anjos, mas quanto mais alto chegavam, mais escorregadio o espelho ficava, e eles mal conseguiam segurá-lo, até que ele escorregou, caiu de volta na Terra e se espatifou em milhões de pedaços.

A partir de então, o espelho passou a causar ainda mais infelicidade, já que alguns fragmentos, do tamanho de grãos de areia, espalharam-se por todas as partes do mundo. Quando uma dessas minúsculas partículas caía no olho de alguém, ficava grudada ali sem que a pessoa soubesse, e, a partir daquele momento, ela passava a ver as coisas de maneira distorcida, ou conseguia enxergar somente o pior lado das coisas para as quais olhava, porque, por menor que fosse o fragmento, ele possuía o mesmo poder que tinha pertencido ao espelho inteiro. Algumas pessoas chegavam a ter um fragmento do espelho no coração, e isso era terrível, pois esses corações transformavam-se em blocos de gelo. Alguns poucos pedaços eram tão grandes que podiam ser usados como vidraça de janela; olhar para um amigo através deles era muito triste. Outros pedaços foram usados para fabricar óculos, o que era terrível para quem os usava, pois não conseguiam enxergar nada de maneira correta nem justa.

Tudo isso fazia o demônio rir até não aguentar mais. Ele se divertia demais com a diabrura que tinha feito. Vários desses pequenos fragmentos de espelho ficaram flutuando pelo ar pra lá e pra cá, sem terem sido usados para nada – e agora você vai saber o que aconteceu com um deles.

Segunda história
Um menininho e uma menininha

Em uma cidade grande, cheia de casas e gente, em geral não há espaço para que todos tenham nem mesmo um jardim pequenininho; por isso, as pessoas têm que se contentar com algumas flores em vasos.

Em uma dessas cidades, moravam duas crianças muito pobres, que tinham um jardim um pouquinho maior e melhor do que alguns vasinhos de flores. Não eram ir- mãos, mas amavam-se como se fossem. Os sótãos em que seus pais moravam ficavam de frente um para o outro e eram tão próximos que os telhados quase se tocavam, e um cano de água passava entre eles. Cada casa tinha uma janelinha, e bastava dar um passo por cima da calha para passar de um lado para o outro. Cada família tinha um grande caixote de madeira em que cultivavam hortaliças para consumo próprio e uma pequena roseira, e tudo crescia de maneira esplêndida.

A certa altura, os pais decidiram colocar os dois caixotes em cima do cano de água, de modo que eles ligassem uma janela à outra e ficassem com a aparência de dois canteiros de flores. Ervilhas-de-cheiro cresciam lindas, e roseiras brotavam em galhos que contornavam as janelas e se enroscavam, transformando-se num arco de folhas e flores.

Os caixotes eram muito altos, e as crianças sabiam que não tinham permissão para subir neles, mas sempre podiam ir lá para fora juntos, sentar em seus banquinhos debaixo das roseiras e brincar sossegadas. No inverno, todo esse prazer acabava, pois as janelas às vezes ficavam congeladas, então elas esquentavam moedinhas de cobre no forno e as passavam nas vidraças cobertas de gelo, abrindo um espaço através do qual conseguiam espiar. Nesses momentos, os carinhosos e brilhantes olhos do menino e da menina sorriam dentro desses espaços ao se verem pelas janelas.

As crianças se chamavam Kay e Gerda. No verão, bastava pular a janela e já estavam juntos, mas no inverno precisavam subir e descer escadas compridas e sair na neve para se encontrarem.

– Olha lá o enxame de abelhas brancas – disse a avó de Kay um dia em que estava nevando.

– Elas têm uma abelha-rainha? – perguntou o menino, pois sabia que as abelhas de verdade tinham rainha.

– Com certeza têm – respondeu a avó. – Ela está voando ali, onde o enxame está mais cheio. É a maior de todas e nunca fica na terra, voando até as nuvens escuras. Quase sempre, à meia-noite ela voa pelas ruas da cidade e olha pelas janelas para dentro das casas, aí o gelo nas vidraças adquire formas maravilhosas parecidas com flores e castelos.

– É, eu já vi – disseram as duas crianças, acreditando que devia ser verdade.

– A rainha da neve consegue entrar aqui? – perguntou a menina.

– Deixa essa tal de rainha vir aqui pra você ver – disse o menino. – Eu coloco a danada no forno pra derreter.

A avó passou a mão no cabelo dele e contou mais algumas histórias.

Certa noite, quando estava tirando a roupa para se deitar, o pequeno Kay subiu em uma cadeira perto da janela e espiou pelo buraquinho no gelo. Alguns poucos flocos de neve estavam caindo, e um deles, bem maior do que os outros, pousou na ponta de um dos caixotes de flores. O floco começou a crescer, crescer sem parar até que se transformou na figura de uma mulher, com uma roupa branca de tule que parecia feita de milhões de flocos de neve estrelados ligados uns aos outros. A mulher era branquinha e muito bonita, mas feita de gelo – um gelo brilhante e reluzente. No entanto, estava viva, e seus olhos cintilavam como estrelas luminosas; porém não havia paz nem sossego naquele olhar.

A mulher fez um gesto de cabeça na direção da janela e acenou. Kay ficou com medo e desceu da cadeira; na mesma hora, teve a impressão de que um pássaro enorme voou pela janela. No dia seguinte, caiu uma geada suave, e a primavera não tardou a chegar. O sol brilhou, as folhas de grama nova brotaram, as andorinhas fizeram seus ninhos, janelas foram abertas, e as crianças voltaram a se sentar no jardim do telhado, bem acima de todos os outros cômodos. Como estava belo o florescer das rosas naquele verão! Gerda tinha aprendido uma música que falava de rosas. Pensando nas flores de seu jardim, ela cantou a música para o menino, que a acompanhou:

Rosas desabrocham e deixam de existir,
Mas o Menino Jesus irá nos assistir.

Os dois deram as mãos, beijaram as rosas, ficaram observando o brilho do sol e conversaram com o Menino Jesus como se ele estivesse lá.

Eram esplêndidos, aqueles dias de primavera. O clima era fresco, e a beleza reinava entre as roseiras, que pareciam que nunca mais deixariam de florescer. Um dia, Kay e Gerda estavam sentados olhando um livro cheio de imagens de animais e pássaros, e, assim que o relógio na torre da igreja deu doze badaladas, Kay exclamou:

– Ai, alguma coisa espetou meu coração! – E em seguida: – Tem um treco no meu olho...

A menina pôs o braço ao redor do pescoço dele e examinou seus olhos, mas não conseguiu ver nada.

– Acho que já saiu – disse ele.

Mas não tinha saído. Era um daqueles pedacinhos do espelho, o repulsivo espelho que fazia com que tudo o que era grandioso e bom parecesse pequeno e horrível, e tudo o que era mau e ruim se tornasse mais visível, fazendo qualquer defeitinho ser visto claramente. Um pequeno grão também tinha atingido o pobre Kay no coração, que rapidamente se transformou em um bloco de gelo. O menino não sentia mais dor, mas o grão continuava ali.

– Por que você está chorando? – perguntou ele a Gerda.
– Você fica feia fazendo isso. Não tem problema nenhum comigo agora. Nossa, veja! – gritou de repente. – Aquela rosa está carcomida, esta aqui está toda retorcida. Que flores feias, horríveis como essas caixas em que estão.

E chutou as caixas e arrancou duas rosas.

– Kay, o que você está fazendo?! – exclamou a menina.

Quando viu o quanto ela estava aterrorizada, Kay arrancou outra rosa e pulou a janela de sua casa, afastando-se da amiga.

Mais tarde, Gerda o chamou para continuarem vendo o livro de imagens, e ele respondeu:

– Isso aí é coisa de bebê chorão.

Agora, quando a avó contava alguma história, ele ficava repetindo "e?", para interromper toda hora, ou, quando via uma oportunidade, ficava atrás da cadeira dela, colocava óculos e a imitava, para fazer as pessoas rirem.

Com o tempo, Kay começou a arremedar a fala e o jeito de andar das pessoas na rua. Tudo o que era diferente ou desagradável em uma pessoa ele imitava sem rodeios, e as pessoas comentavam:

– Aquele garoto é muito talentoso, ele tem um gênio extraordinário.

Mas era o pedaço de espelho em seu olho e o frio em seu coração que faziam com que agisse daquela maneira. Ele chegava a provocar até mesmo Gerda, que o amava de todo o coração. Suas brincadeiras também estavam ficando bem diferentes, já não eram muito infantis. Num dia de inverno, quando estava nevando, ele saiu de casa com uma lupa e, com a ponta do casaco, pegou alguns flocos de neve.

– Olha com a lupa, Gerda – disse; e ela viu como cada floco de neve, ampliado, parecia uma bela flor ou uma estrela brilhante. – Não é bacana? E muito mais interessante do que flores de verdade? Os flocos de neve não têm nenhum defeito, são perfeitos até começarem a derreter.

Logo depois, Kay apareceu com luvas grossas e um trenó nas costas. E gritou para Gerda, que estava no alto da escada:

– Vou lá pra praça, onde os meninos ficam brincando e descendo o morro.

Na praça, o mais destemido dos garotos costumava amarrar os trenós às carroças do pessoal do campo, e ficavam andando um tempão. Era bom demais.

Mas enquanto todos se divertiam, inclusive Kay, um trenó enorme se aproximou. Era todo branco, e nele vinha alguém com um casacão e um gorro brancos. O trenó deu duas voltas na praça, e Kay aproveitou para engatar seu pequeno trenó nele, para que o puxasse quando fosse embora.

O trenó foi deslizando cada vez mais rápido, entrou acelerando pela rua lateral, e então a pessoa que o guiava se virou e cumprimentou Kay amigavelmente, acenando com a cabeça, como se fossem conhecidos. E sempre que o menino tentava soltar seu pequeno trenó, a pessoa que guiava abanava a cabeça novamente, e Kay continuava sentado.

Os dois trenós saíram pelo portão da cidade, e começou a nevar tanto que o menino não conseguia enxergar um palmo à frente do nariz; mesmo assim, continuaram avançando. De repente, Kay soltou a corda, para que o trenó grande fosse embora sem ele, mas não adiantou nada, pois seu trenó continuou, veloz, e lá foram eles no ritmo do vento. Kay começou a gritar bem alto, mas ninguém o escutava; a neve batia nele e seu trenó voava a mil por hora. De vez em quando ele dava um salto, como se estivessem pulando por cima de cercas e valas. O menino estava com medo e tentava fazer uma oração, mas só conseguia se lembrar da tabuada, e nada mais.

Os flocos de neve foram crescendo até ficarem do tamanho de enormes galinhas brancas. De repente, depois de uma curva, o trenó grande parou, e a pessoa que o guiava se levantou. O casacão e o gorro, inteiramente feitos de neve, caíram, e ele viu uma mulher alta e branca... A rainha da neve!

– Nós pilotamos bem – comentou ela. – Por que você está tremendo? Aqui, entre no meu casaco quentinho.

A rainha da neve o sentou ao lado dela no trenó e, envolvido no casacão, Kay teve a sensação de estar afundando em um monte de neve.

– Você ainda está com frio? – perguntou ela, antes de beijar o rosto do menino. O beijo era mais frio do que gelo, e foi direto para o coração dele, que já era praticamente um bloco de gelo. Ele sentiu que iria morrer, mas só por um breve momento; logo, logo se sentiu bem novamente e não mais percebia o frio que o rodeava.

– Meu trenó! Não esquece o meu trenó – foi a primeira coisa de que se lembrou.

Kay o procurou com os olhos e viu que estava atado a uma das galinhas brancas, que voava atrás dele com o trenó nas costas. A rainha da neve beijou-o novamente, e, nesse momento, ele se esqueceu da pequena Gerda, da avó e de sua casa.

– Agora você não vai mais ganhar beijos – disse ela –, porque mais um beijinho e... você morre.

Kay olhou para ela e viu que era belíssima, tão bonita que ele não conseguia imaginar um rosto mais adorável e inteligente. Ela não mais parecia ser de gelo, como quando a tinha visto através da janela e ela o cumprimentara com um gesto de cabeça. Aos seus olhos, ela era perfeita. Kay, agora, não sentia medo algum, e lhe contou que sabia fazer contas de cabeça, até mesmo as frações, e que sabia quantos quilômetros quadrados tinha o país e a quantidade de habitantes. Ela sempre sorria, para que ele pensasse que ainda não tinha conhecimentos suficientes.

A rainha da neve seguiu, observando aquela vastidão imensa, e voando cada vez mais alto, com Kay, na direção de uma nuvem negra. A tempestade assoprava e uivava como se cantasse músicas antigas.

Sobrevoaram florestas e lagos, mar e terra. Abaixo deles, rugia o vento selvagem, os lobos uivavam e a neve crepitava. Acima, voavam os corvos, aos berros, e sobre tudo brilhava a lua, clara e límpida. Assim, Kay atravessou a longa noite de inverno, e de dia dormiu aos pés da rainha da neve.

Terceira história
O jardim da mulher que sabia feitiços

Mas... como será que se sentia a pequena Gerda durante a ausência de Kay? O que havia acontecido com ele ninguém sabia nem tinha a menor informação a respeito, com exceção dos garotos da praça, que contaram que ele tinha amarrado seu trenó a um outro muito grande, e que os dois trenós tinham deslizado pela rua e saído pelo portão da cidade. Ninguém sabia para onde tinham ido.

Muitas lágrimas foram derramadas, e a pequena Gerda chorou amargamente por muito tempo. Ela pensava que Kay devia estar morto, que tinha se afogado no rio que corria perto da escola. Oh, como foram melancólicos aqueles longos dias de inverno. Mas a primavera finalmente chegou, trazendo o calorzinho brilhante do sol.

– Kay está morto – afirmou a pequena Gerda.

– Não acredito nisso – retrucou o brilho do sol.

– Ele está morto – afirmou ela aos pardais.

– Não acreditamos nisso – contestaram eles. E por fim, Gerda começou a duvidar de si mesma.

– Vou calçar meu sapato vermelho novo – decidiu ela certa manhã –, aquele que o Kay nunca viu, e vou descer o rio procurando por ele.

Era bem cedo quando ela deu um beijo na avó, que ainda estava dormindo, calçou os sapatos vermelhos e saiu completamente sozinha pelos portões da cidade, na direção do rio.

– É verdade que você afastou de mim o meu amiguinho? – indagou ela ao rio. – Eu te dou o meu sapato vermelho se o devolver pra mim.

As águas deram a impressão de acenar de uma maneira estranha para ela. Então Gerda tirou os sapatos vermelhos, de que gostava mais do que qualquer outra coisa, e os jogou no rio, mas eles caíram perto da margem, e pequenas ondas os levaram de volta para a terra, como se o rio não quisesse tirar da menina aquilo de que ela mais gostava, pois não podia devolver o pequeno Kay.

Mas Gerda achou que não tinha jogado os sapatos longe o bastante. Então, entrou com dificuldade em um barco que estava entre os juncos e, da pontinha dele, jogou os sapatos novamente na água. Mas o barco não estava amarrado, e o movimento de Gerda fez com que ele deslizasse para longe da margem. Ao perceber isso, ela se apressou para chegar à outra ponta do barco; mas quando conseguiu chegar lá, ele já estava a mais de um metro da margem e se afastava rapidamente.

A pequena Gerda ficou com muito medo e começou a chorar, mas ninguém, além dos pardais, a escutava. Eles não conseguiam carregá-la até a terra, mas voavam ao lado do barco e piavam, como se para confortá-la:

– Nós estamos aqui! Nós estamos aqui!

O barco vagava com a correnteza; a pequena Gerda permanecia sentadinha numa das pontas, calçada somente com as meias. Os sapatos vermelhos flutuavam atrás dela, que não conseguia alcançá-los, porque o barco se mantinha muito à frente. As margens nos dois lados do rio eram muito bonitas. Havia belas flores, árvores antigas, campos inclinados onde vacas e ovelhas pastavam, mas nenhuma pessoa. "Talvez o rio me leve ao Kay", pensou Gerda. Com isso, sentiu-se mais animada, levantou a cabeça e ficou observando as belas margens verdejantes.

Assim, o barco navegou por horas. Muito tempo depois, chegou a um pomar de cerejas, onde viu uma casinha vermelha com estranhas janelas azuis e vermelhas. Tinha telhado de sapé e, do lado de fora, dois soldados de madeira apresentaram armas quando ela passou navegando. Gerda gritou para eles, pensando que estivessem vivos, mas é claro que não responderam. Quando o barco se aproximou da beira, ela viu o que eles realmente eram. Então resolveu gritar ainda mais alto, e uma senhora muito velhinha saiu da casa apoiada em uma muleta. Para proteger-se do sol, usava um chapéu grande pintado com todos os tipos de flores.

– Minha pobre menina – disse a velhinha –, como você conseguiu percorrer um caminho tão longo numa correnteza tão forte?

Em seguida, a velhinha entrou na água, alcançou o barco com a bengala, puxou-o para terra e tirou Gerda. A menina ficou feliz por estar em terra firme, embora estivesse com muito medo da estranha velhota.

– Venha, me diga quem você é e como chegou aqui.

Gerda contou tudo, enquanto a velha abanava a cabeça e falava "hum-hum". Quando terminou, Gerda perguntou se ela não tinha visto o pequeno Kay. A mulher respondeu que o garoto não havia passado por aquele caminho, mas muito provavelmente passaria. Depois disse a Gerda para não ficar triste; em vez disso, devia saborear as cerejas e observar as flores. Afinal, eram melhores do que qualquer imagem em livro, pois cada uma delas podia contar uma história.

E pegou Gerda pela mão, levou-a para dentro da casinha e fechou a porta. As janelas eram muito altas e, como as vidraças eram vermelhas, azuis e amarelas, a luz do dia brilhava através delas com as cores mais extraordinárias que a menina já tinha visto. Sobre a mesa, havia lindas cerejas, e Gerda recebeu permissão para comer quantas quisesse. Enquanto as saboreava, a velhinha, com uma escova de ouro, penteava os longos e brilhantes cachos louros da menina, que pendiam de ambos os lados do rosto redondo e simpático, de aparência revigorada e exuberante como uma rosa.

– Há muito tempo venho desejando ter comigo uma mocinha linda como você – disse a velhota. – Fique comigo e verá o quanto vamos viver felizes juntas.

Enquanto a velha penteava o cabelo da pequena Gerda, a garotinha pensava cada vez menos em seu irmão de coração, Kay. Na verdade, aquela senhora sabia fazer feitiços, embora não fosse uma bruxa malvada. Ela usava a magia só de vez em quando, apenas para se divertir – e, naquele momento, porque queria que Gerda ficasse com ela. Em seguida, ela foi ao jardim e apontou a bengala para as belíssimas roseiras, que imediatamente afundaram na terra escura; assim, ninguém poderia dizer que algum dia elas tinham brotado ali. A velhota estava com medo de que a pequena Gerda visse as rosas, se lembrasse das que tinha em casa, pensasse no pequeno Kay e fugisse.

Depois levou Gerda até o jardim. Como era perfumado e bonito! Todas as flores imagináveis, de todas as estações do ano, estavam totalmente desabrochadas. Nenhum livro de imagens poderia ter cores mais lindas! Gerda pulou de alegria e brincou até o sol se pôr atrás das enormes cerejeiras. Depois dormiu em uma cama elegante, com travesseiros de seda vermelha bordada com violetas coloridas. Teve sonhos maravilhosos, sonhos de rainha.

No dia seguinte, e em muitos outros dias, Gerda brincou com as flores sob os quentes raios de sol. Ela já conhecia cada flor e, embora houvesse grande variedade delas, parecia faltar alguma, mas não sabia dizer qual. Certo dia, no entanto, quando estava observando o chapéu coberto de flores da velha senhora, viu que a mais bonita de todas era a rosa. A feiticeira tinha se esquecido de tirá-las de lá quando fez as roseiras afundarem na terra. É difícil prestar atenção em tudo, e um pequenino equívoco é capaz de desarranjar todos os nossos planos...

– O quê?! O jardim aqui não tem rosas?! – exclamou Gerda, antes de sair correndo para procurá-las, canteiro por canteiro. Não conseguiu encontrar nenhuma, e por isso sentou e chorou. Suas lágrimas caíram exatamente no lugar onde uma das roseiras tinha afundado, umedeceram a terra, e a roseira brotou imediatamente, tão exuberante quanto no momento em que tinha afundado. Gerda a abraçou, beijou as rosas e pensou nas lindas flores de sua casa e, com elas, em Kay.

– Oh, quanto tempo fiquei aprisionada! – reclamou. – Quero procurar o Kay. Vocês sabem onde ele está? – perguntou às rosas. – Acham que ele está morto?

E as rosas responderam:

– Não, ele não está morto. Nós estivemos debaixo da terra, onde repousam todos os mortos, e o Kay não está lá.

– Obrigada – Gerda agradeceu antes de ir até as outras flores, olhando dentro de seus pequenos cálices e perguntando:

– Você sabe onde está o pequeno Kay?

Mas todas as flores, como ficavam sob o sol, sonhavam apenas com seus próprios contos de fadas. Nenhuma delas tinha notícia de Kay. Gerda ouviu muitas histórias dessas flores ao perguntar sobre o amigo.

O que contou o lírio-tigre?

– Preste muita atenção. Você está escutando o tambor? *Tum, tum*. São apenas duas notas. *Tum, tum*. Ouça a canção de luto da mulher! Ouça o lamento do padre! Com seu comprido manto vermelho, fica a viúva do hindu ao lado da pira. As chamas elevam-se ao redor dela quando se deita sobre o corpo morto do marido. Mas a mulher hindu está pensando em quem está vivo naquele círculo: seu filho, o que ateou o fogo. Aqueles olhos brilhantes perturbam e machucam seu coração mais do que as chamas que em breve consumirão os dois corpos e os transformarão em cinzas. O fogo do coração pode apagar as chamas da pira fúnebre?

– Não entendi nada... – disse a pequena Gerda.

– Essa é a minha história – comentou o lírio-tigre.

E o que contou a bela-manhã?

– Lá, além da estrada estreita, fica o antigo castelo de um cavaleiro. Uma hera espessa sobe pelas velhas paredes em ruínas, folha sobre folha, até mesmo na varanda, onde está uma bela jovem. Ela se inclina sobre a balaustrada e observa estrada acima. De nenhuma rosa no galho emana mais frescor do que dela, nenhuma flor de macieira, bailando ao vento, flutua com mais leveza. Sua magnífica veste de seda farfalha quando ela se inclina e exclama: "Ele não virá?".

– É do Kay que você está falando? – perguntou Gerda.

– Eu só estava contando a história do meu sonho – respondeu a flor.

O que contou a pequena campainha-de-inverno?

– Entre duas árvores, pende uma corda; nela está pendurada uma tábua: é um balanço. Duas menininhas lindas, com vestidos brancos como a neve e longos laços verdes esvoaçando nos chapéus, balançam nele. O irmão delas, que é maior, fica de pé no balanço. Ele está com um braço ao redor da corda para se equilibrar; numa das mãos, segura uma tigelinha, na outra, um cachimbo de barro que usa para fazer bolhas de sabão. O menino fica balançando, as bolhas sobem e refletem as mais lindas cores. A última ainda está pendurada na ponta do cachimbo e se agita ao vento. As três crianças continuam balançando, e um cachorro preto chega correndo. Ele é quase tão leve quanto a bolha; fica em pé nas patas de trás e quer ser colocado no balanço, mas o brinquedo não para e o cachorro cai, fica bravo e começa a latir. As crianças inclinam-se na direção dele, e a bolha estoura. Uma tábua que balança, leve imagem de espuma cintilante... essa é a minha história.

– Tudo isso que está me contando pode ser muito bonito – comentou a pequena Gerda –, mas você fala com muita tristeza e em momento algum mencionou o Kay.

O que contou o jacinto?

– Havia três lindas irmãs. Eram belas e delicadas. O vestido de uma era vermelho, o da segunda, azul, e o da terceira era de um branco puro. De mãos dadas, elas dançavam à luz do luar, ao lado de um lago calmo. Eram seres humanos, não fadinhas. Uma doce fragrância as atraiu, e elas desapareceram na floresta. A fragrância ficou mais forte. Três caixões, em que estavam deitadas três belas jovens, saíram deslizando da parte mais densa da floresta, do outro lado do lago. Os vagalumes voavam sobre elas como tochas flutuantes. As jovens estavam mortas ou dormindo? O aroma de flores dizia que eram cadáveres. O luto ressoava na toada dos sinos noturnos.

– Você me deixa muito triste – lamentou Gerda. – Seu perfume é muito forte, me faz pensar nas jovens mortas. Ah! Então o Kay está morto? As rosas que estavam debaixo da terra disseram que não.

– *Blim, blem* – fizeram os sinos dos jacintos. – O som dos nossos sinos não é pelo pequeno Kay, não o conhecemos. Cantamos a nossa canção, a única que sabemos.

Gerda foi até os botões-de-ouro, que cintilavam entre suas folhas verdíssimas.

– Vocês são pequenos sóis brilhantes – disse Gerda. – Digam-me, onde posso encontrar o meu amigo?

Os botões-de-ouro lampejaram com alegria e olharam novamente para Gerda. Que história contariam eles? Não era sobre Kay.

– O sol quente brilhou em um pequeno pátio no primeiro dia da primavera. Seus raios luminosos pousavam sobre as paredes brancas da casa vizinha, e ali pertinho desabrochou a primeira flor amarela da estação, resplandecente sob um quente raio de sol. Uma senhora idosa estava sentada em uma poltrona à porta da casa, e sua neta, uma pobre e bela criada, tinha ido lhe fazer uma breve visita. Quando ela beijou a avó, o lugar ficou repleto de ouro: ouro do coração naquele beijo amoroso. Ouro da manhã. Havia ouro no sol radiante, ouro nas pétalas das flores modestas e nos lábios da moça. Aí está, essa é a minha história – disse o botão-de-ouro.

– Minha pobre avó! – suspirou Gerda. – Ela com certeza quer muito me ver e está de luto por mim, assim como estava pelo pequeno Kay; mas em breve chegarei em casa e o levarei comigo. Não adianta ficar perguntando às flores, elas conhecem apenas suas próprias histórias e não têm informação nenhuma para me dar.

Então, levantou a barra do vestido para correr mais rápido, mas o narciso a segurou pela perna quando a menina saltava sobre ele. Ela parou, olhou para a flor amarela e falou:

– Talvez você saiba de alguma coisa. – Gerda se abaixou para ficar bem perto da flor e a escutou.

– Eu vejo a mim mesmo, vejo a mim mesmo – disse o narciso. – Oh, como é doce o meu perfume! Lá no alto, em um quartinho com uma janela abaulada, uma garotinha dança com pouca roupa. Ela às vezes fica numa perna só, às vezes nas duas, e parece que vai pisotear o mundo inteiro. Ela não passa de uma ilusão. Joga água com um bule de chá em algo que segura com uma das mãos: é o corpete dela. "A limpeza é algo bom", diz a menina. Um vestido branco está pendurado em um gancho, pois também tinha sido lavado com o bule de chá e secado no telhado. Ela o veste e amarra um lenço cor de açafrão em volta do pescoço, o que faz com que o vestido pareça ainda mais branco. Veja como ela estende as pernas, como se estivesse se exibindo em uma haste. Eu vejo a mim mesmo, vejo a mim mesmo.

– Que importância isso tem pra mim? – indagou a menina. – Você não precisa ficar me contando esse tipo de coisa.

Gerda correu para a outra ponta do jardim. O portão estava fechado, mas ela forçou o trinco enferrujado, que cedeu, e saiu correndo, só de meias. Olhou para trás três vezes, mas não parecia estar sendo seguida.

Chegou um momento em que não conseguia mais correr, então sentou-se para descansar em uma grande pedra. Olhando ao redor, percebeu que o verão tinha acabado e que o outono já avançara muito. Não dava para notar nada disso no belo jardim, onde o sol brilhava e as flores cresciam o ano inteiro.

– Oh, como eu perdi tempo! – reclamou. – Já é outono. Não posso mais descansar.

Levantou-se e retomou a caminhada, mas seus pés estavam machucados e doloridos, e tudo ao redor parecia muito frio e desolado. As compridas folhas dos salgueiros estavam bem amarelas. Gotas de orvalho escorriam como lágrimas, folhas e mais folhas caíam das árvores; somente o espinhento abrunheiro ainda possuía frutos, mas estavam azedos e enjoativos. Oh! Como o mundo todo parecia escuro e aborrecido!

Quarta história
O príncipe e a princesa

Gerda foi obrigada a descansar novamente e, do lado oposto àquele em que estava sentada, viu um enorme corvo saltitando pela neve em sua direção. Ele ficou olhando para ela durante um tempo e em seguida cumprimentou:

– *Cuá, cuá*. Bom dia, bom dia.

O corvo se esforçava para usar a melhor pronúncia, pois tinha a intenção de ser gentil com a menina. Perguntou aonde ela ia sozinha por aquele vasto mundo.

Gerda entendeu muito bem as palavras dele, sabia o que significavam. Então contou ao corvo toda a história de sua vida e suas aventuras; depois perguntou se ele tinha visto Kay.

O corvo fez que sim com um gesto muito sério de cabeça e disse:

– Talvez eu tenha visto... pode ser que sim.

– Não acredito! Você acha mesmo que viu?! – gritou Gerda, que beijou o corvo e o abraçou até quase matá-lo, de tanta alegria.

– Calma, calma – disse o corvo. – Eu acho que sei. Acho que pode ser o pequeno Kay, mas a essa altura ele certamente se esqueceu de você, por causa da princesa.

– Ele mora com uma princesa? – estranhou Gerda.

– Mora – respondeu o corvo. – Escuta, é tão difícil falar a sua língua. Se você entendesse a língua dos corvos, aí eu poderia te explicar melhor. Você entende?

– Não, nunca aprendi – informou Gerda. – Mas a minha mãe entende e costumava falar comigo. Quem dera eu tivesse aprendido...

– Não tem importância – disse o corvo. – Vou contar da melhor maneira possível, apesar de não saber fazer isso muito bem.

E relatou o que tinha ouvido falar.

– Neste reino em que estamos agora, vive uma princesa que tem uma inteligência maravilhosa, que leu todos os jornais do mundo e os esqueceu de novo, apesar de ser tão inteligente. Um tempo atrás, quando ela estava sentada no trono (que, dizem, não é lá muito confortável como você pode pensar), começou a cantar uma canção que se inicia com estas palavras: "Por que não posso me casar?".

"E por que não?" – ela mesma questionou. Assim, decidiu que se casaria se conseguisse encontrar um marido que soubesse conversar, e não um que tivesse apenas uma bela aparência, o que seria muito cansativo. Ela mandou reunir todos as damas da corte com um rufar de tambores, e quando elas tomaram conhecimento de suas intenções, ficaram muito satisfeitas. "Estamos tão felizes em saber disso", disseram. "Nós estávamos conversando sobre isso outro dia mesmo." Você pode acreditar que tudo o que lhe conto é verdadeiro – alertou o corvo. – Minha dócil amada frequenta livremente o palácio. Foi ela que me contou tudo isso.

É claro que a amada dele era uma "corva", porque um corvo sempre escolhe outro corvo.

– Jornais foram publicados imediatamente. Eles tinham as bordas decoradas de corações com as iniciais da princesa. Noticiavam que qualquer jovem que fosse bonito estava livre para visitar o castelo e falar com a princesa, e que aqueles que conseguissem responder alto o suficiente para serem ouvidos quando lhes fosse dirigida a palavra poderiam se sentir em casa, no palácio. Mas seria escolhido para marido da princesa aquele que falasse melhor. Sim, sim, pode acreditar em mim, tudo o que conto aqui é verdade – reafirmou o corvo. – As pessoas compareceram aos montes, foi uma correria danada, mas ninguém foi bem-sucedido, nem no primeiro nem no segundo dia. Todos conseguiam falar muito bem nas ruas, mas, quando entravam pelos portões do palácio e viam os guardas de uniformes prateados, os lacaios com suas librés douradas na escada e os grandes salões iluminados, ficavam muito confusos. Além disso, quando estavam de frente para o trono da princesa, não conseguiam fazer nada a não ser repetir as últimas palavras que ela tinha dito... E, obviamente, o desejo dela não era escutar suas próprias palavras repetidas. Parecia que todos eles haviam tomado alguma coisa que os deixava lerdos quando estavam no palácio, porque não se recuperavam nem falavam enquanto não estivessem de volta à rua. Havia uma fila muito comprida, que ia do portão da cidade até o palácio. Eu mesmo fui lá para vê-los – continuou o corvo. – Estavam com fome e sede, pois no palácio não ganhavam nem um copo de água. Alguns dos mais sábios tinham levado fatias de pão e manteiga, mas não dividiam com os que estavam ao seu lado. Acreditavam que teriam mais chance se os outros chegassem com aparência de famintos.

– Mas e o Kay? Me fala do Kay! – pediu Gerda. – Ele estava na multidão?

– Espera um pouquinho, já vamos chegar lá. Foi no terceiro dia. Vi um pequeno personagem caminhando animado para o palácio, sem cavalos nem carruagem e com os olhos cintilantes como os seus. Tinha um belo cabelo comprido, mas as roupas eram muito pobres.

– Era o Kay! – animou-se Gerda. – Ah, então eu o encontrei – comemorou ela, batendo palmas.

– Ele levava uma mochilinha nas costas – completou o corvo.

– Não, devia ser o trenó – contestou Gerda. – Estava com ele quando foi embora.

– Pode ser – disse o corvo. – Não prestei muita atenção naquilo, mas minha dócil amada contou que ele passou pelos portões do palácio, viu os guardas com seus uniformes prateados e os criados com suas librés de ouro, mas não ficou nem um pouco constrangido. "Deve ser muito cansativo ficar parado em pé na escada", foi o que disse. "Prefiro entrar." Os cômodos flamejavam de tanta luz. Conselheiros e embaixadores perambulavam por lá, descalços, carregando recipientes de ouro. Era o suficiente para fazer alguém ficar apreensivo. As botas do pequeno rangiam alto enquanto ele caminhava, e mesmo assim ele não estava nem um pouco preocupado.

– Deve ser o Kay – disse Gerda. – Eu sei que ele estava com a bota nova, eu a escutei ranger no quarto da vovó.

– Elas rangiam mesmo – disse o corvo. – Mesmo assim, ele subiu corajosamente até a princesa, que estava sentada em uma pérola tão grande quanto uma roda de fiar. Todas as damas da corte estavam presentes com suas criadas, e os nobres, com seus servos. Cada uma das criadas tinha outra criada para servi-la, e os servos dos nobres tinham seus próprios servos, bem como um pajem. Estavam todos em círculo ao redor da princesa e, quanto mais perto da porta, mais orgulhosos pareciam estar. Mal se podia olhar para os pajens dos servos, que sempre usavam sandália, tamanho era o orgulho com que se mantinham à porta.

– Deve ter sido terrível – comentou Gerda. – Mas o Kay conquistou a princesa?

– Se eu não fosse um corvo, eu mesmo teria me casado com ela, apesar de estar noivo... Continuando: ele fala tão bem quanto eu quando me comunico na língua dos corvos, foi o que me disse a minha dócil amada. Era muito espontâneo e educado, e falou que não tinha ido lá para cortejá-la, mas para escutar a sabedoria da princesa. Estava tão contente com ela quanto ela com ele.

– Ah, com certeza era o Kay! – afirmou Gerda. – Ele era tão inteligente! Sabia fazer conta de cabeça, inclusive com frações. Oh, você me leva ao palácio?

– É muito fácil pedir isso – respondeu o corvo –, mas como vamos conseguir essa proeza? Bom, vou conversar sobre isso com a minha dócil amada e pedir o conselho dela. Devo informá-la de que vai ser muito difícil conseguir permissão para que uma menina como você entre no palácio.

– Ah, que nada. Vou conseguir permissão fácil – contestou Gerda –, porque quando o Kay souber que estou aqui, ele vai sair pra me buscar na mesma hora.

– Espere por mim na paliçada – pediu o corvo, sacudindo a cabeça e voando para longe.

Já era tarde da noite quando ele voltou.

– *Cuá, cuá*, minha amada lhe envia saudações. Aceite este pãozinho que ela pegou na cozinha pra você. Há muito pão lá, e ela acha que deve estar com fome. Você não vai conseguir entrar no palácio pela porta da frente. Os guardas de uniforme prateado e os criados de libré dourada não permitiriam. Mas não chore, vamos dar um jeito de fazer você entrar. Minha amada conhece uma pequena escada nos fundos que leva ao andar onde ficam os quartos, e sabe onde encontrar a chave.

Entraram no jardim pela grande alameda, onde as folhas caíam uma atrás da outra, assim como se apagavam as luzes do palácio. O corvo levou Gerda até a porta dos fundos, que estava entreaberta. Oh! Como o coração de Gerda batia de saudade e ansiedade! Era como se estivesse fazendo algo errado, embora só quisesse saber onde Kay estava. "Deve ser ele", pensou ela, "com aqueles olhos claros e o cabelo longo". Gerda fantasiava que o garoto iria sorrir para ela, como costumava fazer em casa, quando se sentavam entre as rosas. Ele certamente ficaria feliz em vê-la, em ouvir as histórias sobre a longa viagem que tinha feito em busca do amigo, em saber o quanto estavam tristes em casa por ele não voltar. Oh, quanta alegria, embora misturada com medo, ela sentia!

Gerda e o corvo chegaram à escada, e, lá em cima, sobre um pequeno armário, havia uma luminária acesa. A dócil amada do corvo estava ali no chão, virando a cabeça de um lado para o outro e olhando para Gerda, que fazia reverência, como sua avó lhe ensinara.

– Meu noivo te elogiou tanto, minha pequena dama – comentou a dócil criatura. – Sua história de vida, *Vita*, como podemos chamá-la, é muito comovente. Se você pegar a lamparina, eu vou na frente. Vamos seguir direto por esse caminho, onde provavelmente não encontraremos ninguém.

– Tive a sensação de que alguém estava atrás de nós – disse Gerda, quando algo passou correndo por ela. Logo em seguida, cavalos com crinas esvoaçantes e pernas esbeltas, caçadores, damas e homens a cavalo deslizaram ao seu lado como sombras na parede.

– São apenas sonhos – disse o corvo. – Estão vindo buscar os pensamentos das pessoas importantes sobre caça.

– Melhor assim, porque aí vamos conseguir vê-los nas camas com mais segurança. Acredito que quando você se esforça para ser honrado e digno, mostra que tem um bom coração.

– Pode ter certeza disso – concordou o corvo da floresta.

Chegaram ao primeiro salão, cujas paredes estavam cobertas de cetim bordado com flores artificiais. Ali os sonhos novamente esvoaçaram perto deles, mas com tanta velocidade que Gerda não conseguiu distinguir quem eram as pessoas pertencentes à realeza. Cada salão a que chegavam era mais esplêndido que o anterior, o suficiente para deixar qualquer um desnorteado. Algum tempo depois, chegaram a um quarto. O teto era como uma enorme palmeira, com folhas de vidro feitas com o mais valioso cristal. Duas camas que lembravam lírios estavam penduradas em hastes de ouro no centro do quarto. Uma, aquela em que a princesa estava deitada, era branca, a outra, vermelha, e nela Gerda procurou Kay. Empurrou uma das pétalas vermelhas para o lado e viu um pequeno pescoço moreno. "Oh, deve ser o Kay!" Ela berrou o nome dele e segurou a lamparina sobre o rapaz. Os sonhos voltaram, galopando apressados para dentro do quarto. O rapaz acordou e virou a cabeça. Não era o Kay! Apesar de jovem e bonito, somente o pescoço do príncipe era parecido com o dele. De sua cama branca em forma de lírio, a princesa espiou e perguntou qual era o problema. Gerda chorou, contou sua história e tudo o que os corvos tinham feito para ajudá-la.

– Coitadinha de você – disseram o príncipe e a princesa. Depois elogiaram os corvos, disseram que não estavam com raiva do que fizeram, mas aquilo não deveria acontecer novamente. Desta vez eles seriam recompensados.

– Vocês gostariam de ser livres? – perguntou a princesa – Ou preferem ser promovidos à posição de corvos da corte, o que lhes permite ficar com todos os restos da cozinha?

Os dois corvos abaixaram a cabeça em sinal de saudação e optaram pela nomeação, pois pensaram em sua idade avançada e chegaram à conclusão de que seria confortável saber que teriam o que comer até o final da vida.

O príncipe saiu da cama e a ofereceu a Gerda; não havia mais nada que pudesse fazer. A menina se deitou, entrelaçou as mãos e pensou: "Homens e animais, como são bons comigo!", depois fechou os olhos e caiu num doce sono. Todos os sonhos, que pareciam anjos, retornaram voando para ela. Um deles desenhou um pequeno trenó no qual Kay, sentado, a cumprimentava com um gesto de cabeça. Mas tudo não passava de um sonho e desapareceu assim que ela acordou.

No dia seguinte, vestiram Gerda dos pés à cabeça com seda e veludo. Convidaram-na para ficar no palácio alguns dias e se divertir, mas tudo o que ela queria era uma bota, uma pequena carruagem e um cavalo para puxá-la, assim poderia percorrer as distâncias e procurar Kay. Ela ganhou não apenas a bota, mas também uma espécie de agasalho de mão chiquérrimo, chamado regalo, e roupas impecáveis.

Quando estava pronta para partir, encontrou à porta uma carruagem feita de ouro puro, com o brasão do príncipe e da princesa reluzindo como uma estrela. O cocheiro, o lacaio e os cavaleiros usavam coroas de ouro. O príncipe e a princesa, juntos, a ajudaram a subir na carruagem e desejaram sucesso. O corvo da floresta, que tinha se casado, a acompanhou durante os cinco primeiros quilômetros. Ficou ao lado de Gerda na carruagem, pois não aguentava viajar de costas. Sua dócil esposa ficou na porta do palácio abanando as asas. Não conseguia ir com eles porque estava sofrendo de dor de cabeça desde que foram nomeados, sem dúvida porque andava comendo demais. A carruagem estava devidamente abastecida com bolos e doces; debaixo do assento, havia frutas e biscoitos de gengibre.

– Adeus, adeus! – despediram-se o príncipe e a princesa.

Gerda e o corvo choraram. Depois de alguns quilômetros, o corvo também disse adeus, e essa foi a mais triste das despedidas. Ele voou para uma árvore e ficou parado, batendo as asas negras, durante todo o tempo em que conseguia ver a carruagem, que cintilava ao sol.

Quinta história
A *pequena ladra*

A carruagem atravessava uma floresta densa, iluminando o caminho como uma tocha e deslumbrando os olhos de um bando de ladrões, que nem consideraram a possibilidade de deixá-la passar sossegada por ali.

– É ouro! É ouro! – gritavam, correndo e pegando seus cavalos. Eles atacaram e mataram os cavaleiros, o cocheiro e o lacaio, e tiraram Gerda da carruagem.

– Ela é gorda, bonita e vinha se alimentando com castanhas – disse uma velha ladra, que tinha uma barba comprida e sobrancelhas que pendiam sobre os olhos. – Ela é tão boa quanto um carneirinho, deve ser deliciosa! – e, ao dizer isso, sacou uma faca que brilhou terrivelmente. Nesse momento...

– Ai! – gritou a velha ladra, porque sua filha a segurou por trás e mordeu sua orelha. Era uma menina brava e desobediente. A mãe xingou-a de "coisa horrível" e não conseguiu matar Gerda.

– Ela vai brincar comigo – afirmou a pequena ladra. – Vai me dar o regalo de mão, o vestido lindo e vai dormir na cama comigo.

E deu mais uma mordida na mãe, que deu um pulo enorme e ficou saltitando de um lado para o outro. Todos os ladrões deram gargalhadas e zombaram:

– Olha como ela dança com a filhotinha dela!

– Vou dar uma volta na carruagem – disse a ladrazinha, que percorreria o caminho que quisesse, pois era voluntariosa e teimosa.

Ela e Gerda sentaram-se na carruagem e foram embora. Passando por cima de tocos e pedras, seguiram para as profundezas da floresta. A ladrazinha tinha mais ou menos o mesmo tamanho que Gerda, porém era mais forte, tinha ombros mais largos e pele mais escura. Os olhos eram negros e tristes. Ela agarrou Gerda pela cintura e disse:

– Eles não vão te matar enquanto não os aborrecer. Imagino que seja uma princesa.

– Não – respondeu Gerda, que em seguida contou toda a sua história e o quanto gostava de Kay.

A ladrazinha a olhou com muita seriedade, balançou de leve a cabeça e disse:

– Eles não vão te matar, mesmo que eu fique com raiva de você... porque aí eu mesma é que vou te matar.

Em seguida, enxugou os olhos de Gerda e enfiou as mãos no belo regalo, que era muito macio e quentinho.

A carruagem parou no pátio de um castelo cujas paredes estavam rachadas de cima a baixo. Era o castelo de um ladrão. Gralhas e corvos voavam para dentro e para fora por buracos e fendas, enquanto buldogues enormes, que davam a impressão de que conseguiriam engolir um homem, pulavam pra lá e pra cá, mas não latiam, pois eram proibidos de fazer isso. Na sala grande e enfumaçada, uma luminosa fogueira queimava no chão de pedra. Não havia chaminé, por isso a fumaça subia até o teto e, por si só, acabava encontrando uma saída. Uma sopa fervia em um enorme caldeirão, coelhos e lebres assavam no espeto.

– Você vai dormir comigo e todos os meus animais hoje à noite – determinou a ladrazinha depois de terem comido e bebido.

Ela levou Gerda para um canto da sala, onde havia palha e tapetes. Em ripas e poleiros acima delas, havia mais de cem pombos, que pareciam dormir, embora tenham se movimentado um pouquinho quando as duas meninas se aproximaram.

– Todos eles são meus – disse a ladrazinha, agarrando o que estava mais perto. Segurou-o pelos pés e o balançou até que batesse as asas.

– Beija o pombo! – gritou, agitando-o no rosto de Gerda. – Ali ficam os pombos-torcazes – continuou ela, apontando para várias ripas e uma gaiola presas nas paredes, perto de uma das fendas. – Aqueles dois safados ali iam sair voando na mesma hora se não estivessem engaiolados. E esta aqui é a minha queridinha, a Ba – e arrastou pelo chifre uma rena presa a uma corda amarrada a uma argola de cobre ao redor do pescoço.

– Somos obrigados a deixá-la bem presa também, senão ela foge da gente igual aos outros.

Depois a ladrazinha tirou uma faca grande de uma fenda na parede e a passou suavemente pelo pescoço da rena. O pobre animal começou a chutar, e a ladrazinha, rindo, puxou Gerda para junto de si na cama.

– Você vai dormir com a faca? – questionou Gerda, olhando para ela com muito medo.

– Sempre durmo com a minha faca – respondeu a pequena ladra. – Ninguém sabe o que pode acontecer. Mas agora me conta de novo tudo sobre Kay e por que você se aventura pelo mundo.

Gerda repetiu sua história uma vez mais, enquanto os pombos-torcazes arrulhavam na gaiola e os outros pombos dormiam. A ladrazinha atravessou um braço sobre o pescoço de Gerda e ficou segurando a faca com o outro. Em pouco tempo, estava dormindo e roncando. Mas Gerda não conseguia sequer fechar os olhos, não sabia se iria viver ou morrer. Os ladrões sentaram-se ao redor da fogueira, cantando e bebendo, e a velha ladra cambaleava de um lado para o outro. Era terrível para a menina testemunhar uma imagem daquelas.

Nisso, os pombos-torcazes disseram:

– *Grou, grou*. Nós vimos Kay. Uma galinha carregou seu trenó e ele sentou na carruagem da rainha da neve, que atravessou a floresta quando estávamos aconchegados em nosso ninho. Ela soprou na nossa direção, e todos os mais jovens morreram, só ficamos nós dois. *Grou, grou*.

– O que é que vocês estão dizendo aí em cima? – perguntou Gerda em voz alta. – Para onde estava indo a rainha da neve? Sabem alguma coisa sobre isso?

– Muito provavelmente ela estava indo pra Lapônia, onde sempre há neve e gelo. Pergunte à rena que está presa ali na corda.

– Isso mesmo, sempre há neve e gelo lá – confirmou a rena. – O lugar é glorioso, você pode pular e correr livremente nas cintilantes planícies de gelo. A rainha da neve tem uma casa de verão lá, mas o castelo dela mesmo fica no Polo Norte, em uma ilha chamada Spitsbergen.

– Oh, Kay! – suspirou ela.

– Fica quieta – reclamou a ladrazinha –, senão enfio a faca na sua barriga.

De manhã, Gerda contou a ela tudo o que os pombos-torcazes lhe disseram, e a ladrazinha, muito séria, balançou a cabeça e falou:

– Isso é tudo conversa fiada, tudo conversa fiada. Você sabe onde fica a Lapônia? – perguntou à rena.

– Quem saberia melhor do que eu? – comentou o animal com os olhos brilhando. – Nasci e fui criada lá. Costumava correr pelas planícies cobertas de neve.

– Então escuta – disse a ladrazinha –, todos os homens saíram, só a minha mãe está aqui, e aqui ela vai ficar, só que ao meio-dia ela sempre bebe um negócio que tem numa garrafa grande e depois dorme um pouco. Aí, vou fazer uma coisa pra você.

Em seguida, pulou da cama, catou a mãe pelo pescoço e a puxou pela barba, gritando:

– Bom dia, minha cabritinha, bom dia!

Então a mãe deu peteleços no nariz da filha até que ficasse vermelho, e isso tudo era amor.

Mais tarde, a mãe bebeu o conteúdo da garrafa e foi dormir. A ladrazinha aproximou-se da rena e disse:

– Eu gostaria muito de fazer cócegas no seu pescoço mais algumas vezes com a minha faca, porque você fica engraçada demais, mas deixa pra lá... Vou desamarrar a corda e te libertar pra você poder fugir pra Lapônia. Só que deve fazer bom uso das pernas e levar essa menina ao castelo da rainha da neve, onde o amiguinho dela está. Você ouviu o que ela me contou, porque ela falava bem alto, e você estava escutando.

A rena pulou de alegria. A ladrazinha colocou Gerda no lombo do animal, prendeu-a lá em cima e se lembrou até mesmo de dar sua almofadinha para que ela ficasse mais confortável.

– Pega a bota de pele de volta – ofereceu. – Vai estar muito frio. Só que eu vou ficar com o regalo de mão, ele é muito bonito. Mas você não vai congelar sem ele... fica com a luva grande e quente da minha mãe, ela vai até o seu cotovelo. Deixa que eu coloco em você. Aí está, agora suas mãos estão iguais às da minha mãe.

Gerda chorou de felicidade.

– Não gosto de te ver choramingando – reclamou a ladrazinha. – Você devia era estar muito feliz. Toma aqui dois pães e um presunto, para não morrer de fome.

Gerda amarrou a comida na rena, e a ladrazinha abriu a porta, atraiu todos os cachorrões, que continuavam pulando sem latir, e depois, com sua faca amolada, cortou a corda em que estava presa a rena:

– Agora corra, mas lembre-se: você tem que cuidar muito bem dessa menina!

Gerda estendeu a mão com a luva grandona para a ladrazinha e falou:

– Adeus.

E lá se foi a rena pulando tocos e pedras, atravessando a grande floresta, passando por pântanos e planícies o mais rápido que conseguia. Os lobos uivavam, as gralhas berravam e no céu vibravam luzes vermelhas como chamas.

– Veja lá! É a minha velha amiga aurora boreal – festejou a rena. – Veja como faísca!

E a rena correu dia e noite, cada vez mais rápido. Os pães e o presunto tinham acabado quando chegaram à Lapônia.

Sexta história
Uma mulher da Lapônia e outra da Finlândia

Gerda e a rena pararam em uma cabaninha de aspecto desprezível. O telhado era inclinado quase até o chão, e a porta era tão baixa que a família devia ter que engatinhar para entrar e sair. Não havia ninguém em casa a não ser uma velha lapona que cozinhava peixe à luz de uma lamparina a óleo. A rena contou tudo sobre a história de Gerda, depois de ter revelado primeiro a própria história, que lhe parecia mais importante. A garota estava tão contraída por causa do frio que não conseguia falar.

– Oh, coitadinhos! – disse a mulher. – Vocês ainda têm um longo caminho a percorrer. Têm que viajar mais de cento e cinquenta quilômetros até a Finlândia. A rainha da neve mora lá agora, e acende as auroras boreais azuis todas as noites. Vou escrever algumas palavras num bacalhau seco, porque não tenho papel, e vocês levam para a mulher finlandesa que mora lá. Ela pode dar informações melhores do que as minhas.

Depois que Gerda tinha se aquecido, comido e bebido alguma coisa, a mulher escreveu algumas palavras no peixe seco e pediu a Gerda para tomar conta dele direitinho. Em seguida, prendeu a menina novamente na rena, que saiu a toda a velocidade.

As belas auroras boreais azuis vibravam e reluziam no céu a noite inteira. Muito tempo depois, as viajantes chegaram à Finlândia e bateram na chaminé da cabana da finlandesa, porque não se via porta alguma no nível do chão. Tiveram que entrar rastejando. Lá dentro fazia um calor tão terrível que a mulher estava quase sem roupa. Era baixinha e estava muito suja. Ela desamarrou o vestido de Gerda e tirou sua bota de pele e a luva, senão a menina não aguentaria o calor, colocou um pedaço de gelo na cabeça da rena e leu o que estava escrito no peixe seco. Depois de ler três vezes, já tinha decorado a mensagem e jogou o peixe na panela de sopa, pois sabia que estava bom para comer, e ela nunca desperdiçava coisa alguma. A rena contou a própria história primeiro e depois a da pequena Gerda. Os olhos inteligentes da finlandesa brilhavam, mas ela não falou nada.

– Você é tão inteligente – elogiou a rena. – Sei que consegue amarrar todos os ventos do mundo com um pedaço de barbante. Se um marinheiro desatar um nó, ele consegue um vento bom, se desatar o segundo, ele sopra com mais força, mas se o terceiro e quarto nós forem desfeitos, aí começa a tempestade que desenraiza florestas inteiras. Você não consegue dar a essa menina alguma coisa para ela ficar forte como doze homens, para poder derrotar a rainha da neve?

– A força de doze homens! – exclamou a finlandesa. – Isso não teria muita utilidade.

Depois foi até uma prateleira, pegou uma pele grande e a desenrolou. Nela estavam grafados lindos caracteres, que ela leu até o suor lhe escorrer testa abaixo. Mas a rena implorou muito para que ela ajudasse a menina, e Gerda olhava para a finlandesa com olhos tão úmidos e suplicantes que os olhos da mulher também começaram a cintilar. A finlandesa levou a rena para um canto e sussurrou algo, enquanto colocava um novo pedaço de gelo na testa dela.

– O pequeno Kay está mesmo com a rainha da neve, e adora aquilo lá, acha que tudo está como ele gosta, acredita que é o lugar mais requintado do mundo. Mas isso é porque ele está com um caco de espelho no coração e outro pedacinho no olho. Eles devem ser extraídos, senão Kay nunca mais será humano, e a rainha da neve continuará com poder sobre ele.

– Mas você pode dar alguma coisa à Gerda para ajudá-la a ter poder para fazer isso?

– Não posso lhe dar um poder maior do que o que ela já tem – disse a mulher. – Não consegue ver o quanto ela é forte? Homens e animais foram obrigados a servi-la, ela se deu muito bem ao atravessar o mundo descalça. Não posso lhe dar nenhum poder que seja maior do que aquele que possui agora, e que consiste na própria pureza e inocência de coração. Se ela não conseguir chegar à rainha da neve e remover os fragmentos de espelho do pequeno Kay, nós não podemos fazer nada para ajudá-la. A pouco mais de três quilômetros daqui, começa o jardim da rainha da neve. Leve a menina até lá e deixe-a perto do grande arbusto coberto de frutinhas vermelhas que desponta da neve. Não fique bisbilhotando e volte pra cá o mais rápido que puder.

A finlandesa levantou Gerda e a colocou sobre a rena, que correu com ela o mais rápido que conseguiu.

– Oh, esqueci minha bota e minha luva! – gritou a pequena Gerda assim que sentiu o frio cortante, mas a rena não se atreveu a parar e continuou correndo até chegar ao arbusto com as frutinhas vermelhas. Ali, ela esperou Gerda descer, beijou-a, e grandes lágrimas brilhantes escorreram lentamente pelas bochechas do animal, que deixou a menina lá e voltou correndo o mais rápido que pôde.

Lá ficou a pobre Gerda, sem sapatos, sem luvas, no meio da fria, sombria e congelada Finlândia. Ela saiu correndo velozmente quando todo um regimento de flocos de neve a rodeou. No entanto, eles não caíam do céu, que estava totalmente claro e deixava brilhar a aurora boreal. Movimentavam-se rapidamente, rentes ao chão e, quanto mais perto dela chegavam, maiores pareciam ficar. Gerda se lembrou do quanto os flocos de neve pareciam grandes e bonitos observados com a lupa. Mas aqueles ali eram enormes e muito mais terríveis, porque estavam vivos, eram os guardas da rainha da neve e tinham as formas mais estranhas. Alguns eram como enormes porcos-espinhos; outros, como serpentes retorcidas, de cabeças esticadas, e alguns pareciam porcos gordos de cabelo eriçado. Todos eram de um branco ofuscante. Eram flocos de neve vivos.

Então, Gerda fez uma oração. O frio era tão forte que ela conseguia ver a própria respiração sair da boca em forma de vapor quando pronunciava as palavras. O vapor aumentava à medida que a menina rezava, até o ponto de tomar a forma de pequenos anjos que cresciam no momento em que tocavam o chão. Todos usavam capacetes e tinham lanças e escudos. A quantidade de anjos aumentava sem parar e, quando Gerda terminou sua prece, havia uma legião em volta dela. Eles cravavam as lanças nos terríveis flocos de neve, que se partiam em centenas de pedaços. A pequena Gerda conseguiu então avançar com coragem e segurança. Os anjos tocavam suas mãos e seus pés para que sentisse menos frio e pudesse chegar mais rápido ao castelo da rainha da neve.

Mas agora temos que ver o que Kay está fazendo. Na realidade, ele não pensava em Gerda e nunca supôs que ela poderia estar ali, do lado de fora do palácio.

Sétima história
O palácio da rainha da neve e o que afinal aconteceu lá

As paredes do palácio eram feitas de neve acumulada, e as janelas e portas, de ventos cortantes. Dentro, havia mais de cem cômodos, e era como se todos tivessem sido feitos com um único sopro de neve. O maior dos salões se estendia por vários quilômetros. Eram todos iluminados pela luz da aurora, muito grandes e vazios, geladíssimos e resplandecentes! Não havia divertimento algum ali, nem mesmo um urso dançando, fazendo malabarismo com uma bola ou demonstrando sua elegância à música da tempestade. Não havia nenhum jogo de salão, nem mesmo jovens raposinhas podiam trocar um dedinho de prosa à mesa de chá. Vastos, vazios e frios eram os salões da rainha da neve. As bruxuleantes luzes da aurora boreal podiam ser vistas claramente, sempre que subiam e desciam no céu, de qualquer parte do castelo. No meio de um vazio e interminável salão de neve, havia um lago congelado, e sua superfície quebrada dava origem a várias figuras. Cada uma delas lembrava a outra, pois eram perfeitas como obras de arte. Quando estava em casa, a rainha da neve ficava sentada no centro desse lago. Ela o chamava de Espelho da Razão e dizia que era o melhor – na verdade, o único do mundo.

Kay estava azul de tanto frio – melhor, quase preto –, mas não sentia, porque a rainha da neve tinha eliminado seus calafrios com beijos, e o coração dele tinha se transformado em um bloco de gelo. O garoto arrastava alguns pedaços de gelo pontudos e achatados para lá e para cá e os organizava em várias posições, como se quisesse fazer algo com eles, do mesmo jeito que tentamos formar figuras com aquelas pequenas peças de quebra-cabeça. Os dedos de Kay eram muito hábeis. Ele jogava o congelante jogo, e, a seus olhos, as figuras eram incríveis e da mais alta relevância. Pensava assim devido ao pedaço de espelho que ainda estava grudado em seu olho. Ele compôs várias figuras e formou palavras diferentes, mas havia uma que não era capaz de escrever, embora quisesse muito. Era a palavra "eternidade". A rainha da neve lhe disse:

– Quando conseguir isso, será o seu próprio mestre, e eu lhe darei o mundo todo e patins novos.

Mas Kay não conseguia.

– Agora tenho que me apressar e ir para países mais quentes – disse a rainha da neve. – Vou vasculhar dentro das crateras negras no topo das montanhas chamejantes Etna e Vesúvio, como são chamadas... Devo fazer com que fiquem brancas, o que será bom para elas e para os limões e as uvas. – E saiu voando, deixando Kay totalmente sozinho no enorme salão de quilômetros de extensão. Ele se sentou e ficou observando suas peças de gelo, tão quieto que qualquer um pensaria que estava congelado.

Exatamente nesse momento, Gerda passou pela porta do castelo. Ventos cortantes rugiam ao seu redor, mas ela fez uma prece e eles se acalmaram, como se estivessem indo dormir. Ela continuou andando até chegar ao enorme salão vazio, onde avistou Kay. A menina o reconheceu imediatamente, correu até ele, jogou os braços ao redor de seu pescoço e o abraçou com força, exclamando:

– Kay, querido Kay, até que enfim eu te achei!

Mas ele permaneceu imóvel, rígido e frio.

Ainda abraçada ao amigo, Gerda chorou, e suas lágrimas quentes caíram no peito dele, penetraram em seu coração, derreteram o bloco de gelo e levaram embora o pedacinho de espelho que estava grudado lá. Kay olhou para Gerda, que cantou:

Rosas desabrocham e deixam de existir,
Mas o Menino Jesus irá nos assistir.

Kay disparou a chorar. Chorou tanto que a lasca de espelho saiu boiando de seu olho. Ele reconheceu Gerda e perguntou, com enorme alegria:

– Gerda, minha querida Gerda, onde esteve esse tempo todo? E eu, onde eu estive?

Em seguida, olhou ao redor e comentou:

– Este lugar é muito frio, grande e vazio.

E abraçou com força a amiga, que ria e chorava de alegria. Era tão agravável vê-los que as peças de gelo começaram a dançar de um lado para o outro. Quando se cansaram e pararam para descansar, formavam as letras da palavra que a rainha da neve havia dito que ele tinha que formar para se tornar seu próprio mestre, possuir o mundo todo e ganhar patins novos. Gerda beijou as bochechas de Kay, que enrubesceram; beijou os olhos, e eles brilharam como os dela; beijou seus pés e suas mãos, o que fez com que ele ficasse saudável e animado. A partir daquele momento, a rainha da neve poderia voltar para casa quando desejasse, porque havia a certeza da liberdade na palavra que ela queria escrita com as brilhantes letras de gelo.

Os dois amigos deram as mãos e saíram do grande palácio de gelo. Conversaram sobre a avó e as rosas no telhado de casa. Enquanto caminhavam, não havia vento, e o sol surgiu. Chegaram ao arbusto de frutinhas vermelhas, onde a rena os aguardava com outra jovem rena de úberes cheios de leite. As crianças beberam o leite quentinho e a beijaram.

As duas renas carregaram Kay e Gerda primeiro até a cabana da mulher finlandesa, onde se aqueceram adequadamente. A mulher deu informações sobre o caminho que pegariam na jornada de volta para casa. Em seguida, foram até a mulher da Lapônia, que tinha feito roupas novas e arranjado trenós para ambos.

As duas renas puxando a mulher lapona em seu trenó, correram ao lado dos dois e os acompanharam até a fronteira do país, onde as primeiras folhas verdes germinavam. Ali, eles se despediram das renas e da mulher, e todos deram adeus. Os pássaros começaram a cantar, a floresta estava cheia de folhas verdes novinhas, e dela viram sair um lindo cavalo, de quem Gerda se lembrou, pois era um dos que tinham puxado a carruagem de ouro. Montada nele vinha uma menina com um gorro vermelho brilhante e pistolas presas no cinto. Era a ladrazinha, que tinha se cansado de ficar em casa. Estava indo para o norte e, se não gostasse de lá, experimentaria outra parte do mundo. Ela reconheceu Gerda na mesma hora, e a menina também se lembrou dela: foi um encontro cheio de alegria!

– Você é um sujeito bacana pra ficar perambulando desse jeito – disse ela para Kay. – Eu gostaria de saber se você merece que alguém vá ao fim do mundo pra te encontrar...

Mas Gerda deu uns tapinhas na bochecha dela e perguntou pelo príncipe e pela princesa.

– Estão viajando por outros países.

– E o corvo? – quis saber Gerda.

– Oh, o corvo está morto – respondeu ela. – A dócil amada dele agora é viúva e usa um fiozinho de lã preto amarrado na perna. Ela sofre muito com o luto, mas isso tudo é bobagem. Conta pra mim, como foi que você conseguiu trazer seu amigo de volta?

Gerda e Kay contaram tudo.

– Uau, vocês se saíram bem demais! Deu tudo certo, no final – disse a ladrazinha.

Em seguida, apertou a mão dos dois e prometeu que, se algum dia passasse pela cidade, faria uma visita e eles. E saiu cavalgando pelo mundo. Gerda e Kay seguiram de mãos dadas na direção de casa. À medida que avançavam, a primavera ficava mais admirável, com sua vegetação verdinha e suas belas flores. Não demoraram muito para reconhecer a cidade grande onde moravam e as altas torres das igrejas. Os sinos tocavam uma música alegre enquanto eles percorriam o caminho que levava à casa da avó.

Kay e Gerda subiram até o quartinho no andar de cima, onde tudo estava igual a quando foram embora. O velho relógio fazia tique-taque e os ponteiros marcavam a hora. Ao passarem pela porta do quarto, perceberam que tinham crescido e que agora eram um homem e uma mulher. As roseiras no telhado estavam floridas e espiavam pela janela. Ali estavam as pequenas cadeiras onde se sentavam quando crianças. Kay e Gerda sentaram-se, cada um em sua cadeira, deram as mãos... e o frio e vazio esplendor do palácio da rainha da neve desapareceu da memória deles como um sonho doloroso. A avó sentou-se à luz do sol e leu a bíblia em voz alta:

– "Se não vos tornardes como crianças, de modo algum entrareis no reino dos céus."

Kay e Gerda entreolharam-se e subitamente compreenderam o significado da letra da antiga canção.

Rosas desabrocham e deixam de existir,
Mas o Menino Jesus irá nos assistir.

E ficaram sentados ali – adultos com coração de criança. Era verão, um quente e lindo verão.

Esse conto é mesmo assim, comprido e cheio de histórias: tem pra você, tem pra mim... ∎

Ilustração de W. Heath Robinson

Ilustração de W. Heath Robinson

O rouxinol e o imperador da China

Título original:
Nattergalen
(1843)

Hans Christian Andersen

Essa história aconteceu num tempo dos mais antigos, portanto é bom conhecê-la agora, antes que seja esquecida. Na China, você sabe, o imperador é chinês, assim como todas as outras pessoas ao redor dele. O palácio do imperador era o mais bonito do mundo. Foi todo construído com porcelana. Era muito valioso, mas tão delicado e frágil que qualquer um que tocasse nele tinha que ser muito cuidadoso.

O jardim possuía as flores mais excepcionais; entrelaçados a elas, belos sinos de prata que tilintavam, para que todos que por ali passassem não deixassem de notá-las. Aliás, tudo, no jardim do imperador, era extraordinário. Era um jardim tão grande que nem o próprio jardineiro sabia onde terminava. Aqueles que viajavam para além de seus limites sabiam que existia uma nobre floresta de árvores grandiosas que se inclinavam sobre o profundo mar azul, e magníficos navios velejavam sob a sombra de seus galhos. Em uma dessas árvores, vivia um rouxinol de canto tão lindo que até os pescadores pobres, que tinham tantas coisas para fazer, paravam para escutar. Às vezes, quando iam jogar as redes à noite, escutavam o canto e comentavam:

– Oh, não é lindo?

Mas, quando voltavam a pescar, esqueciam-se do pássaro, até a noite seguinte. Depois o escutavam novamente e exclamavam:

– Oh, como é lindo o canto do rouxinol!

Viajantes de todos os países do mundo iam à cidade do imperador e a admiravam muito, assim como o palácio e os jardins; porém, quando escutavam o rouxinol, sempre declaravam que ele era a coisa mais admirável entre tudo o que existia ali. Todos os visitantes, ao retornarem para casa, relatavam o que tinham visto. Homens instruídos escreviam livros que continham descrições da cidade, do palácio e dos jardins, mas não se esqueciam do rouxinol, que era realmente a maior das maravilhas daquele lugar. Aqueles que sabiam escrever poesia compunham belíssimos versos sobre o rouxinol que vivia em uma floresta próxima ao mar profundo.

Os livros viajavam por todo o mundo, e alguns deles chegavam às mãos do imperador. Ele se sentava em seu trono dourado e, à medida que lia, aprovava cada passagem, porque as descrições tão belas de sua cidade, de seu palácio e de seus jardins muito lhe agradavam.

Num desses livros, quando chegou às palavras "o rouxinol é o que há ali de mais belo", exclamou:

– O que é isso?! Não sei nada a respeito desse tal rouxinol! Existe pássaro assim no meu império? Ainda mais no meu jardim?! Nunca ouvi falar dele. Algumas coisas, pelo visto, podem mesmo ser aprendidas por meio dos livros...

Então, ele chamou um de seus assistentes pessoais, possuidor de uma educação tão excepcional que, quando outra pessoa com posição hierárquica inferior falava com ele ou lhe fazia uma pergunta, ele respondia com um "pfff", o que não significava nada.

– Este livro menciona um pássaro formidável chamado rouxinol – informou o imperador. – Dizem que é a melhor coisa que existe no meu vasto império. Por que não fui informado sobre isso?

– Nunca ouvi esse nome – respondeu o arrogante assistente. – Ele não foi apresentado à corte.

– Para meu deleite, ele deve comparecer ao palácio hoje à noite – ordenou o imperador. – O mundo inteiro está sabendo, melhor do que eu mesmo, aquilo que possuo!

– Nunca ouvi falar dele – justificou-se o assistente –, porém me esforçarei para encontrá-lo.

Mas onde poderia encontrar o rouxinol? O aristocrata subiu e desceu escadas, percorreu cômodos e corredores; no entanto, ninguém com quem se encontrou tinha ouvido falar do pássaro. Ele voltou a se reunir com o imperador e disse que aquilo devia ser uma fábula inventada por aqueles que escreveram o livro.

– Vossa Majestade Imperial não pode acreditar em tudo aquilo que os livros contêm; às vezes, é apenas ficção, ou aquilo que chamamos de magia negra.

– Mas o livro em que li esse relato – contestou o imperador – me foi enviado pelo grande e poderoso imperador do Japão; portanto, não pode conter uma mentira. Escutarei o rouxinol, ele deve estar aqui hoje à noite. Esse pássaro representa agora a minha maior vontade e, se não estiver aqui hoje, toda a corte deverá ser pisoteada ao final do jantar.

– *Tsing-pe*! – respondeu perturbado o assistente, que novamente subiu e desceu escadas, percorreu todos os cômodos e corredores, e metade da corte o acompanhou, pois não gostavam da ideia de serem pisoteados. Houve uma grande investigação sobre aquele formidável rouxinol conhecido pelo mundo inteiro, menos pela corte.

Por fim, encontraram na cozinha uma menininha pobre que disse:

– Ah, sim, conheço bem o rouxinol, ele canta muito mesmo. Toda noite, tenho permissão pra levar pra minha mãe doente as sobras do jantar. Ela mora à beira-mar, e fico cansada quando volto; então, sento um pouco na floresta pra descansar e escuto o canto do rouxinol. Meus olhos se enchem de lágrimas, e tenho a sensação de que minha mãe me beijou.

– Mocinha – disse o assistente do imperador –, conseguirei pra você um emprego fixo na cozinha, e terá permissão pra assistir ao jantar do imperador se nos levar até o rouxinol, porque foi exigida a presença do pássaro no palácio hoje à noite.

A menina se dirigiu ao lugar na floresta em que o rouxinol cantava, e metade da corte a seguiu. Enquanto caminhavam, uma vaca começou a mugir.

– Oh! – exclamou um cortesão. – Agora nós o encontramos. Mas que poder maravilhoso pra uma criatura tão pequena. Certamente que já o escutei.

– Não, isso é apenas uma vaca mugindo – corrigiu a menininha. – Ainda estamos muito longe do lugar.

Depois, alguns sapos começaram a coaxar no brejo.

– Que lindo! – elogiou novamente o jovem cortesão. – Agora estou escutando, tilinta como pequenos sinos de igreja.

– Não, esses são os sapos – disse a garota –, mas acredito que daqui a pouco vamos escutá-lo.

E, de repente, o rouxinol começou a cantar.

– Escutem só! É ele – alertou a garota. – Vejam onde ele está – completou, apontando para um pássaro cinza pousado em um galho.

– Será possível? – indagou o assistente do imperador. – Nunca imaginei que fosse uma coisa tão trivial, comum e simples como essa... Ele certamente ficou um pouco envergonhado ao ver tanta gente ao redor dele.

– Pequeno rouxinol! – chamou a garota em voz alta. – Nosso gracioso imperador deseja que cante para ele.

– Será um enorme prazer – respondeu o rouxinol, que começou a cantar da maneira mais encantadora possível.

– Ele soa como pequeninos sinos de vidro – disse o assistente do imperador, comovido. – Vejam como a garganta dele funciona. Fico impressionado por nunca termos escutado isso antes. Ele fará um enorme sucesso na corte.

– Devo cantar uma vez mais para o imperador? – perguntou o rouxinol, que achava que o monarca era um dos presentes.

– Meu primoroso rouxinol – disse o cortesão –, tenho o imenso prazer de convidá-lo para um evento na corte hoje à noite, onde ganhará a estima imperial com sua música encantadora.

– Meu canto soa melhor na floresta verdejante – explicou o pássaro, que, mesmo assim, os acompanhou de bom grado ao tomar conhecimento do desejo do imperador.

O palácio estava decorado com elegância para a ocasião. As paredes e os pisos de porcelana cintilavam sob mil luminárias. Nos corredores, sininhos foram amarrados ao redor de belas flores. Com a correria pra lá e pra cá e a corrente de ar, eles tilintavam tão alto que ninguém conseguia escutar o que os outros falavam. No centro do enorme salão principal, fixaram um poleiro dourado onde ficaria o rouxinol. Toda a corte estava presente, e a criadinha da cozinha recebeu permissão para ficar à porta, pois apenas a cozinheira da corte real podia ficar no salão. Os convidados vestiam roupas muitíssimo elegantes, e todos os olhos voltaram-se para o pássaro cinza quando o imperador fez um gesto de cabeça para que ele começasse. O rouxinol cantou com tanta doçura que os olhos do imperador encheram-se de lágrimas, que rolaram por suas bochechas quando a música ficou ainda mais comovente e atingiu o coração de todos os presentes. O monarca ficou encantadíssimo e declarou que o rouxinol devia ficar com seu sapatinho de ouro e pendurá-lo no pescoço. Mas o pássaro recusou a honra e agradeceu, pois já tinha sido suficientemente recompensado.

– Eu vi lágrimas nos olhos de um imperador. Essa é a minha mais valiosa recompensa. As lágrimas de um imperador têm um poder maravilhoso e são honra mais do que suficiente pra mim – declarou o rouxinol antes de começar a cantar novamente com um fervor nunca visto.

– Esse canto é uma dádiva! – comentavam as senhoras da corte. Logo, elas puseram água na boca para produzir sons gorgolejantes e fingir, quando falavam com alguém, que eram rouxinóis... Até os lacaios e as camareiras expressavam sua satisfação, o que é um feito e tanto, pois é muito difícil agradá-los.

A visita do rouxinol foi o maior sucesso. Foi decidido que ele passaria a morar na corte, onde teria sua própria gaiola, liberdade para sair duas vezes ao dia e uma durante a noite. Doze empregados foram designados para atendê-lo nessas ocasiões, e cada um deles segurava uma longa cordinha de seda presa à perna do passarinho. Certamente, esse tipo de voo não era muito prazeroso...

Toda a cidade falava do pássaro maravilhoso, e, quando duas pessoas se encontravam, uma falava "rouxi" e a outra respondia "nol", e ambas entendiam o significado daquilo, pois não se falava de outra coisa. Onze filhos de vendedores ambulantes foram batizados com o nome do pássaro, mas nenhum deles conseguia cantar uma nota.

Um dia, o imperador recebeu um pacote em que estava escrito "O rouxinol".

– Certamente temos aqui um novo livro sobre o nosso célebre pássaro – comentou o imperador.

Mas, em vez de um livro, era um porta-joias com uma obra de arte dentro: um rouxinol artificial feito com a intenção de parecer vivo. Era todo coberto de diamantes, rubis e safiras. Assim que o imperador deu corda no pássaro artificial, ele começou a cantar como o verdadeiro e a mexer o rabo, que reluzia em prata e ouro, para cima e para baixo. No pescoço, tinha uma fita em que se lia: "O rouxinol do imperador da China é medíocre em comparação com o do imperador do Japão".

– É belíssimo! – exclamavam todos que o viam.

A pessoa que levou o pássaro artificial para o imperador recebeu o título de "Portador Imperial Supremo do Rouxinol".

– Eles devem cantar juntos, agora – era o comentário que se espalhava pela corte. – Será um dueto e tanto!

Mas, ao contrário do esperado, eles não se deram bem, porque o rouxinol verdadeiro cantava de maneira própria e natural, e o pássaro artificial cantava apenas valsas.

– Isso não é um defeito – opinou o Mestre da Música Imperial. – Está perfeito, de acordo com o meu gosto.

Então, o pássaro artificial teve que cantar sozinho, e fez tanto sucesso quanto o pássaro de verdade. Além disso, era muito mais bonito de se ver, porque reluzia com suas joias preciosas. Trinta e três vezes ele cantou a mesma música sem se cansar. As pessoas teriam escutado mais uma vez com prazer, mas o imperador disse que o rouxinol verdadeiro também devia cantar alguma coisa. Mas... onde ele estava? Ninguém notara que tinha voado pela janela e voltado para a floresta.

– Mas que comportamento estranho! – comentou o imperador quando a fuga foi descoberta.

Todos os cortesãos criticaram o rouxinol, dizendo que ele era uma criatura muito ingrata.

– Mas isso não interessa, porque nós ficamos com o melhor pássaro – comentou alguém. Então fizeram o rouxinol artificial cantar de novo. Embora fosse a trigésima quarta vez que escutavam a mesma música, ainda não tinham conseguido aprendê-la, era muito difícil. O Mestre da Música Imperial teceu os maiores elogios ao pássaro e declarou que ele era melhor do que um rouxinol de verdade, não apenas por ser revestido de belos diamantes, mas também por seu talento musical.

– Como deve perceber, estimado imperador, nunca conseguimos saber o que cantará o rouxinol verdadeiro; no entanto, com este pássaro aqui, a música está definida de antemão. É possível compreendê-la e explicá-la, assim, as pessoas podem entender como as valsas são compostas e por que uma nota segue a outra.

– É exatamente isso que nós achamos – responderam os outros.

O Mestre da Música Imperial recebeu permissão para exibir o pássaro para o povo no domingo seguinte, e o imperador ordenou que todos estivessem presentes para vê-lo cantar. Quando as pessoas escutaram aquilo, pareciam embriagadas (embora isso possa ter acontecido também por causa do chá que bebiam, um antigo costume chinês).

– Oh! – exclamavam todos, erguendo o dedo indicador e aprovando a música com gestos de cabeça.

Mas logo um pescador pobre, que tinha escutado o rouxinol de verdade, comentou:

– Até que é bem bonito, e as melodias são parecidas; só que tenho a impressão de que está faltando alguma coisa, não sei bem o que é...

O rouxinol de verdade foi banido do império, e o pássaro artificial, colocado em uma almofada de seda perto da cama do imperador. Os presentes de ouro e pedras preciosas recebidos junto com o pássaro ficavam ao redor dele, que ganhou o título de Cantor dos Aposentos Imperiais. Além disso, ele assumiu o posto mais alto na hierarquia que se estendia à esquerda do monarca, porque o imperador considerava mais nobre o lado que guarda o coração, e o coração de um imperador fica no mesmo lugar que o de qualquer outra pessoa, como você sabe.

O Mestre da Música Imperial escreveu uma obra, em vinte e cinco volumes, sobre o pássaro artificial. Era muito erudita, longa e cheia das mais difíceis palavras em chinês. Todos diziam que a tinham lido e entendido, por medo de serem considerados burros e terem seus corpos pisoteados.

Um ano se passou. O imperador, a corte e todos os outros chineses já sabiam de cor as mínimas passagens da música do pássaro artificial, e exatamente por essa razão ela lhes agradava ainda mais. Os moleques, na rua, cantavam "Zi-zi-zi, cluck, cluck, cluck", e o imperador também conseguia cantá-la. Aquilo era mesmo a maior diversão.

Numa noite, quando o pássaro artificial estava no auge de seu canto, e o imperador, deitado na cama, o escutava, algo dentro do rouxinol fez *whizz*. Depois, ouviu-se um barulho de mola se quebrando. Todas as engrenagens fizeram *whir-r-r* e travaram, e a música parou. Na mesma hora, o imperador pulou da cama e ligou para seu médico. Mas o que ele poderia fazer? Então mandaram buscar o relojoeiro. Depois de muita conversa e vários exames, ele conseguiu consertar mais ou menos o pássaro, porém alertou que ele deveria ser usado com muito cuidado, já que as engrenagens estavam desgastadas e seria impossível trocá-las sem prejudicar a música.

A tristeza tomou conta do lugar, pois o pássaro, agora, só podia tocar uma vez por ano, mesmo sendo perigoso para seu mecanismo interno. Nessas ocasiões, o Mestre da Música Imperial fazia um pequeno discurso, cheio de palavras duras, e declarava que o pássaro continuava em ótimo estado, e, é claro, ninguém o contradizia.

Cinco anos se passaram antes de uma verdadeira tristeza se abater sobre aquela terra. Os chineses realmente gostavam muito de seu imperador, e ele estava tão doente que não tinham esperanças de que sobrevivesse. Um novo imperador já havia sido escolhido, e o povo na rua perguntava ao assistente do monarca enfermo como seu estava seu soberano, mas a única coisa que ele respondia era "pff!", abanando a cabeça.

Frio e pálido, o imperador jazia na cama real. A corte inteira achava que ele estava morto, e todos correram para prestar homenagem ao seu sucessor. Os camareiros saíram para conversar sobre o assunto, e as criadas das damas chamaram as companheiras para tomar café. Forraram os cômodos e corredores com tecido para que nenhum passo pudesse ser ouvido, e o lugar ficou silencioso e tranquilo.

No entanto, o imperador ainda não tinha morrido, apesar de estar branco e rígido em seu deslumbrante leito, com as longas cortinas de veludo e pesadas franjas douradas. Uma janela permanecia aberta, e a lua brilhava sobre o imperador e o pássaro artificial. Tomando consciência de que mal podia respirar com um súbito peso no peito, o pobre imperador abriu os olhos e viu a Morte sentada sobre ele. Ela usava a coroa de ouro do imperador; numa das mãos, segurava a espada do Estado, simbolizando o poder do monarca, e, na outra, a bela bandeira do império. Ao redor da cama, espreitando pelas longas cortinas de veludo, havia um montão de cabeças estranhas, algumas horrendas, outras bonitas e com expressões gentis. Eram as boas e más ações do imperador que o encaravam, agora que a Morte estava sentada em seu coração.

— Você se lembra desta? Recorda-se daquela? — perguntavam, uma após a outra, trazendo à memória do governante circunstâncias que faziam brotar suor em sua testa.

– Eu não sei de nada disso – respondia o imperador.
– Música! Música! – gritava ele. – O grande tambor chinês! Batam para que eu não escute o que falam! – Mas as boas e más ações continuavam, e a Morte concordava com a cabeça, como fazem os chineses, para tudo o que elas diziam. – Música! Música! – berrava o imperador. – Precioso pássaro dourado, cante. Por favor, cante! Eu lhe dei ouro e presentes valiosos. Cheguei até mesmo a pendurar meu sapatinho de ouro em seu pescoço. Cante! Cante!

Mas o pássaro permaneceu em silêncio. Não havia ninguém para dar corda nele e, portanto, não podia cantar nem uma nota.

A Morte continuava a encarar o imperador com seus gélidos olhos ocos, e o quarto ficou pavorosamente silencioso. De repente, pela janela aberta entrou uma doce melodia. Do lado de fora, no galho de uma árvore, estava pousado o rouxinol verdadeiro. Tinha ouvido falar da doença do imperador, por isso foi cantar músicas sobre esperança e confiança para ele. Enquanto cantava, as sombras foram ficando cada vez mais pálidas, o sangue nas veias do imperador começou a fluir mais rápido, dando forças a seus pulmões enfraquecidos. Até mesmo a Morte prestou atenção e disse:

– Continue, pequeno rouxinol, continue...

– Você me entrega a bela espada dourada e essa esplêndida bandeira? Você me entrega a coroa do imperador? – negociou o pássaro.

A Morte desistiu de cada um daqueles tesouros em troca de mais uma música, e o rouxinol seguiu cantando. Cantou sobre o cemitério da igreja, onde as rosas brancas crescem, onde os sabugueiros perfumam a brisa e a grama nova e macia é umedecida pelas lágrimas dos enlutados.

Então, a Morte ansiou por ir ver seu jardim: transformou-se em uma fria névoa branca e saiu flutuando pela janela.

– Obrigado, obrigado, celestial passarinho. Conheço-te bem. Eu o bani do meu reino uma vez, e ainda assim você afastou os rostos malignos da minha cama e expulsou a Morte do meu peito com sua doce canção. Como posso retribuir?

– Você já me retribuiu – respondeu o rouxinol. – Nunca vou esquecer que arranquei lágrimas dos seus olhos na primeira vez que cantei para Vossa Majestade. Coisas assim são a verdadeira recompensa para o coração de um cantor. Mas agora durma, para voltar a ficar forte e melhorar. Eu ficarei aqui, cantando.

E enquanto ele cantava, o imperador caiu num sono tranquilo. Aquele repouso foi muitíssimo revigorante. Quando acordou, fortalecido e recuperado, o sol brilhava intensamente pela janela, mas nenhum dos criados tinha retornado aos aposentos reais: todos acreditavam que o imperador estivesse morto. Somente o rouxinol permanecia ao lado dele, cantando.

– Você deve ficar comigo para sempre – afirmou o imperador. – Cantará apenas quando desejar, e eu quebrarei o pássaro artificial em mil pedaços.

– Não, não faça isso – solicitou o rouxinol. – O pássaro fez o melhor que pôde pelo tempo que conseguiu. Mantenha-o aqui em silêncio. Não posso viver no palácio, fazer dele o meu ninho, deixe-me vir quando eu quiser. Pousarei em um galho do lado de fora da sua janela, à noite, e cantarei para que se sinta feliz e tenha pensamentos cheios de alegria. Cantando, falarei sobre aqueles que são felizes e sobre os que sofrem, sobre o bem e o mal escondidos ao seu redor. Este passarinho cantor voa também para longe de sua corte, vai até o lar dos pescadores e as cabanas dos camponeses. Amo seu coração mais do que sua coroa; no entanto, há algo sagrado ao redor dela também. Virei, cantarei para o senhor, mas deve me prometer algo.

– Qualquer coisa... – aceitou o imperador, que, já vestido com o manto imperial, estava de pé, e segurava a pesada espada dourada pressionada contra o coração.

– Só lhe peço uma coisa – disse o rouxinol. – Não deixe ninguém saber que o senhor tem um passarinho que lhe conta tudo o que acontece em seu império. Será melhor manter isso em segredo.

E o rouxinol saiu voando.

Os criados entraram para cuidar do imperador morto, e lá estava ele de pé, para assombro de todos, cumprimentando:

– Bom dia!

Foi tudo assim, pode crer. E a história é tão boa que chegou até você... ∎

Ilustração de W. Heath Robinson

Ilustração de Ivan Bilibin

A pequena sereia

Título original:
Den Lille Havfrue
(1837)

Hans Christian Andersen

Num tempo que vem de longe e dura pra sempre, numa parte longínqua do oceano, a água é tão azul quanto a mais bela das centáureas-azuis e límpida como cristal. Além disso, é muito, muito funda, tão funda, aliás, que não existe cabo extenso o suficiente para chegar àquela profundidade. Muitas e muitas torres de igrejas, empilhadas umas sobre as outras, não seriam capazes de percorrer toda a distância do fundo até a superfície da água.

Lá viviam o rei do mar e seus súditos. Não devemos pensar que no fundo do mar só existe areia amarela e nada mais. Não. Na verdade, as flores e plantas mais excepcionais nascem lá.

Suas folhas e seus caules são tão maleáveis que a menor agitação das águas as movimenta, o que dá a impressão de estarem vivas. Peixes, grandes e pequenos, deslizam entre os galhos como os passarinhos em meio às árvores aqui da superfície. No local mais profundo de todos, ergue-se o castelo do rei do mar. Suas paredes são feitas de coral, e as longas janelas góticas, do mais claro âmbar. O telhado é formado de conchas que abrem e fecham de acordo com a corrente de água que passa por elas. É um telhado lindíssimo, pois todas as conchas guardam uma cintilante pérola apropriada até para a coroa de uma rainha.

O rei do mar era viúvo há muitos anos, e sua mãe idosa era quem cuidava do castelo. Ela era uma mulher muito sábia, extremamente orgulhosa de sua ascendência ilustre; por isso, usava doze ostras na cauda, enquanto outras, também pertencentes à nobreza, só tinham permissão para usar seis. Ela era merecedora de grandes elogios, especialmente por cuidar das princesinhas do mar, suas netas. Eram seis belas crianças, sendo a mais jovem a mais bonita de todas, com sua pele clara e delicada como pétala de rosa e seus olhos, azuis como o mais profundo mar. Como todas as outras, ela não tinha pernas e pés: seu corpo terminava numa cauda de peixe.

Durante todo o dia as princesinhas brincavam nos grandes salões do castelo ou entre as brilhantes flores que cresciam do lado de fora das paredes. As grandes janelas âmbar ficavam abertas, e os peixes entravam nadando, assim como as andorinhas voam para dentro das nossas casas quando abrimos as janelas, com a diferença de que os peixes nadavam na direção das princesas, comiam em suas mãos e se deixavam acariciar.

Do lado de fora do castelo havia um belo jardim, no qual cresciam flores vermelho-claras e azul-escuras que floresciam como chamas incandescentes. Os frutos cintilavam como ouro, e as folhas e os ramos dançavam num contínuo vaivém. O chão era da mais delicada areia, azul como a chama do enxofre. Acima de tudo isso, um esplendor azul especial, como se fosse rodeado pelo ar da superfície, e através dele brilhava o anil do céu, não as escuras profundezas do mar. Em momentos de calmaria, via-se o sol, que parecia uma flor púrpura jorrando luz de seu cálice.

Cada uma das jovens princesas tinha um pedacinho de terra no jardim, onde podiam cavar e plantar o quanto quisessem. Uma deu forma de baleia a seu canteiro de flores, outra achou melhor o formato de uma pequena sereia, mas o da mais jovem era redondo como o sol e possuía flores tão vermelhas quanto os raios do poente. Ela era uma criança diferente, quieta e pensativa. Enquanto suas irmãs ficavam encantadas com as coisas maravilhosas que encontravam nas ruínas dos naufrágios, ela não queria saber de nada a não ser de suas lindas flores vermelhas como o sol e de uma bela estátua de mármore. Era a representação de um rapaz bonito, esculpido em uma pedra de um branco puro, que tinha caído no mar durante um naufrágio.

A princesinha plantou ao lado da estátua um salgueiro-chorão cor-de-rosa, que cresceu de maneira espetacular e, muito rapidamente, pendurou seus galhos novos sobre a estátua quase até a altura das areias azuis, formando uma espécie de abrigo. A sombra tinha uma tonalidade violeta e balançava para lá e para cá como os galhos. Parecia que a copa da árvore e a raiz brincavam e tentavam se beijar.

Nada dava à pequena sereia mais prazer do que escutar as histórias do mundo acima do mar. Ela fazia sua avó contar tudo o que sabia sobre os navios e as cidades, as pessoas e os animais. Para ela, o mais maravilhoso e bonito de escutar era que, diferentes das do fundo mar, as flores da terra tinham cheiros, que as árvores da floresta eram verdes e que os peixes entre as árvores cantavam de maneira tão doce que era um prazer enorme escutá-los. A avó dela chamava os passarinhos de peixes, pois, como a neta nunca tinha visto uma ave, não conseguiria entender direito.

– Quando você fizer 15 anos – disse a avó –, terá permissão para subir à superfície, para sentar-se nas pedras, ao luar, enquanto os grandes navios estiverem velejando, e então verá tanto as florestas quanto as cidades.

No ano seguinte, uma das irmãs faria 15 anos, e, como a diferença de idade entre cada uma das seis princesas era de um ano, a mais nova teria que aguardar cinco anos para que chegasse sua vez de sair do fundo do oceano, ir à superfície e ver o mundo tal como nós vemos. As irmãs prometeram que contariam umas às outras o que viram na primeira visita e o que acharam mais bonito, porque a avó não conseguia contar muito. Elas queriam informações sobre tanta coisa!

Nenhuma delas desejava mais do que a caçula que sua vez chegasse – logo ela, que tinha que esperar o período mais longo e que era tão quieta e pensativa. A sereiazinha passava muitas noites na janela, olhando para cima através da água azul-escura e observando os peixes que flutuavam para lá e para cá com suas nadadeiras e caudas. Ela conseguia ver, vagamente, a lua e as estrelas brilhando, mas através da água elas pareciam maiores do que aos nossos olhos. Quando algo como uma nuvem negra passava entre a pequena sereia e os astros no céu, ela sabia que era ou uma baleia nadando sobre sua cabeça, ou um navio cheio de humanos que nem imaginavam haver uma sereiazinha abaixo deles estendendo as mãos brancas em sua direção.

Logo chegou a vez de a mais velha ter permissão para ir à superfície do oceano. Quando voltou, tinha centenas de coisas para contar; porém a melhor, disse ela, era ficar deitada ao luar, em um banco de areia no mar tranquilo, perto da costa, e contemplar uma grande cidade ali perto, onde as luzes piscavam como mil estrelas, escutar a música, o barulho das carruagens e as vozes dos humanos, e depois ouvir os alegres sinos ressoarem nas torres das igrejas.

A irmã mais jovem ouviu avidamente todas as descrições. Como não podia se aproximar daquelas maravilhas, passou a ansiar mais do que nunca por elas. Dali em diante, quando estava na janela olhando para a água azul-escura lá no alto, pensava na grandiosa cidade, com todo o seu alvoroço e barulho, e chegava até mesmo a imaginar que, dali de baixo, das profundezas do mar, conseguia escutar a melodia dos sinos.

No ano seguinte, a segunda irmã recebeu permissão para ir à superfície da água e nadar por onde quisesse. A sereia subiu exatamente quando o sol estava se pondo, e aquele, afirmou ela, era o mais bonito dos espetáculos. Todo o céu parecia de ouro, e nuvens violeta e cor-de-rosa, que não conseguia descrever, flutuavam nele. Ainda mais rápido do que as nuvens, voava um bando de cisnes selvagens que parecia um longo véu branco atravessando o mar. Ela também nadou na direção do sol, mas ele afundou para dentro das ondas e as tonalidades rosadas foram desaparecendo das nuvens e do mar.

Chegou a vez da terceira irmã. Era a mais ousada de todas, e subiu nadando por um rio largo que desaguava no mar. Das margens, avistou colinas verdes cobertas com belas videiras. Palácios e castelos espiavam por entre as suntuosas árvores da floresta. A sereia escutou pássaros cantando; os raios do sol eram tão poderosos que ela era obrigada a mergulhar frequentemente para refrescar o ardor em seu rosto. Em um riacho estreito, um bando enorme de crianças humanas, completamente nuas, divertia-se na água. A sereia queria brincar com elas, mas fugiram aterrorizadas. Um animalzinho preto entrou na água: era um cachorro, mas ela não sabia, porque nunca tinha visto um bicho daqueles. O animal latiu para ela de um jeito tão terrível que a sereia ficou assustada e voltou apressada para o mar aberto. Mas disse que nunca se esqueceria da bela floresta, das colinas verdes e das lindas criancinhas que conseguiam nadar mesmo sem ter cauda de peixe.

A quarta irmã era mais tímida. Permaneceu no mar, mas contou que tudo era mais lindo quando mais próximo da terra. Conseguia avistar quilômetros e mais quilômetros ao seu redor, e o céu parecia um sino de vidro. Tinha visto navios, mas a uma distância tão grande que pareciam gaivotas. Os golfinhos divertiam-se em ondas, as enormes baleias espirravam água pelas narinas, e a impressão que ela teve foi a de estar rodeada por centenas de fontes que esguichavam em todas as direções.

O aniversário da quinta irmã aconteceu no inverno; por isso, quando sua vez chegou, ela viu aquilo que as outras não tinham visto na primeira vez em que subiram. O mar estava totalmente verde, e grandes *icebergs* flutuavam para lá e para cá. Pareciam pérolas, disse ela, só que maiores e mais imponentes do que as igrejas construídas pelos homens. Tinham os formatos mais extraordinários e reluziam como diamantes. A sereia tinha se sentado no alto do maior deles, deixando o vento brincar com seus cabelos longos, e logo notou que todos os navios navegavam rapidamente e passavam o mais longe que conseguiam do *iceberg*, como se tivessem medo dele. À medida que a noite se aproximava e o sol baixava, nuvens negras cobriram o céu, que trovejava e relampejava. Uma luz azul brilhava nos *icebergs*, que balançavam e se sacudiam no mar agitado. Em todos os navios, as velas estavam arriadas e pareciam tremer de medo; enquanto isso, a sereia permanecia sentada calmamente no *iceberg* flutuante, observando os relâmpagos azuis que arremessavam seus clarões ramificados.

Na primeira vez que as cinco irmãs tiveram permissão para ir à superfície, ficaram encantadas com as novas e belas paisagens que viram; depois de crescidas, podiam subir quando quisessem. Elas acabaram ficando indiferentes àquilo, desejando estar novamente nas profundezas. Passado um mês, diziam que era muito mais bonito lá no fundo, e muito mais agradável ficar em casa.

Contudo, muitas vezes, à noite, as cinco irmãs davam-se os braços e iam juntas para a superfície. Suas vozes eram mais bonitas do que a de qualquer ser humano. Antes da chegada de uma tempestade, quando achavam que um navio ficaria em perigo, elas nadavam diante da embarcação, cantavam docemente sobre os encantos do fundo do mar e pediam aos marinheiros para não temerem o naufrágio. Mas os marinheiros não conseguiam entender a canção: acreditavam que aquilo era o uivo da tempestade, o que não era bonito para eles, porque, se o navio afundasse, se afogariam, e seus solitários corpos mortos chegariam ao palácio do rei do mar.

Quando as irmãs subiam de braços dados, abrindo caminho pela água, a caçula ficava observando-as, completamente sozinha e com vontade de chorar – só que as sereias não têm lágrimas, por isso sofrem mais.

– Oh, quem dera eu tivesse 15 anos! – desejava ela. – Sei que vou amar o mundo lá de cima e todas as pessoas que vivem nele.

Finalmente, chegou o dia: a pequena sereia fez 15 anos.

– Bom, agora você já está crescida – disse a avó. – Deixe que eu a enfeite como fiz com suas irmãs.

E colocou uma grinalda de lírios brancos nos cabelos da pequena sereia, e cada pétala de flor era metade pérola. Em seguida, a velha rainha mandou que lhe trouxessem oito ostras grandes para prender na cauda da princesa e mostrar que ela pertencia à realeza.

– Mas elas me machucam tanto! – reclamou a pequena sereia.

– A vaidade traz dor – respondeu a velha senhora.

Oh, com que felicidade a sereiazinha teria se livrado de todo aquele esplendor e deixado de lado a pesada grinalda! As flores vermelhas de seu canteiro teriam ficado bem melhor, mas, como não podia usá-las, despediu-se:

– Adeus! – e subiu com a leveza de uma bolha até a superfície.

O sol tinha acabado de se pôr quando a princesinha ergueu a cabeça acima das ondas; as nuvens estavam tingidas de tons de vermelho e dourado, e através do crepúsculo o astro irradiava toda a sua beleza. O mar estava calmo e o ar, suave e fresco. Um barco grande, com três mastros, estava parado sobre a calmaria da água; tinha apenas uma vela içada, porque nenhuma brisa soprava, e os marinheiros estavam à toa no convés, em meio ao cordame. Havia música e canções a bordo. À medida que a escuridão aumentava, centenas de lanternas coloridas eram acesas, deixando a impressão de que bandeiras de todas as nações se agitavam no ar. A pequena sereia nadou até ficar pertinho das janelas da cabine e, às vezes, quando as ondas a levantavam, conseguia olhar pelos vidros cristalinos e ver diversas pessoas bem-vestidas lá dentro.

Entre elas havia um jovem príncipe com grandes olhos negros: era o mais bonito de todos. Seu aniversário de 16 anos estava sendo comemorado com muita alegria. Os marinheiros dançavam no convés e, quando o príncipe saiu da cabine, mais de cem foguetes voaram pelo ar, fazendo com que ficasse tão claro quanto o dia. A pequena sereia ficou tão espantada que mergulhou. Quando novamente esticou a cabeça para fora da água, parecia que todas as estrelas dos céus caíam ao seu redor; nunca tinha visto fogos de artifício como aqueles. Grandes sóis jorravam luzes para os lados, esplêndidos vaga-lumes voavam pelo ar azul, e tudo isso era refletido no mar límpido e calmo. A iluminação do barco era tão brilhante que ela conseguia enxergar de maneira distinta e clara todas as pessoas e até mesmo a menorzinha das cordas. Como estava bonito o príncipe, apertando a mão de todos os presentes e sorrindo enquanto a música ressoava através do ar puro da noite!

A noite já ia longe, porém a pequena sereia não conseguia tirar os olhos do barco nem do belo príncipe. As lanternas coloridas estavam apagadas; não havia mais foguetes subindo pelos ares, e o canhão tinha cessado fogo, mas o mar tinha ficado agitado, e um som de gemido e lamento podia ser ouvido abaixo das ondas. Mesmo assim, a pequena sereia ficou na janela da cabine, e a água a levava para cima e para baixo, o que lhe permitia olhar para dentro. Depois de um tempo, as velas foram rapidamente içadas, e a nobre embarcação seguiu viagem; mas logo as ondas ficaram maiores, nuvens pesadas escureceram o céu e raios surgiram ao longe. Uma terrível tempestade se aproximava. Os marinheiros arriaram novamente as velas, e o grande navio prosseguia em seu curso sobre o mar em fúria. As ondas chegaram a ficar da altura de montanhas, e parecia que iam ultrapassar o mastro, mas o navio mergulhava nelas como um cisne e em seguida erguia-se nas imponentes e espumantes cristas das ondas. Para a pequena sereia, aquilo não passava de diversão; para os marinheiros, nem tanto.

Depois de um tempo, o navio começou a gemer e ranger. As tábuas cediam sob as chicotadas de água que arrebentavam o convés. O mastro principal rachou no meio como se fosse um galho. O barco tombou de lado, e a água entrou. A pequena sereia percebeu então que a tripulação estava em perigo. Ela mesma foi obrigada a tomar cuidado para se desviar das vigas e tábuas espalhadas na água pela devastação. Houve um momento em que a escuridão era tão densa que ela não conseguia ver um objeto sequer, mas o clarão de um relâmpago revelou a cena. A princesinha conseguiu ver todos aqueles que estavam a bordo, com exceção do príncipe. Quando o navio se despedaçou, ela o viu afundar nas águas profundas e ficou feliz, porque imaginou que assim ele ficaria com ela, mas a pequena sereia lembrou-se de que humanos não podiam viver na água – portanto, quando ele chegasse lá embaixo, no palácio do pai, estaria morto. Mas o príncipe não podia morrer. Então ela começou a nadar entre as vigas e tábuas esparramadas pela superfície, esquecendo que elas poderiam machucá-la. Mergulhava nas profundezas da água escura, subia e descia com as ondas, até que, depois de muito tempo, conseguiu encontrar o jovem príncipe, que rapidamente perdia as forças para nadar naquele mar tempestuoso. Seus membros já estavam enfraquecidos, os belos olhos, fechados, e ele teria morrido se a pequena sereia não o tivesse socorrido. Ela segurou a cabeça dele fora da água e deixou que as ondas os carregassem para onde quisessem.

De manhã, a tempestade tinha passado, porém do navio não se via um único fragmento. O sol levantou-se da água vermelho e incandescente, e seus raios trouxeram de volta uma tonalidade saudável para as bochechas do príncipe, mas seus olhos permaneciam fechados. A sereia beijou sua testa macia e acariciou seus cabelos molhados. O príncipe lhe lembrava a estátua de mármore em seu pequeno jardim, e ela o beijou novamente, desejando que vivesse. Pouco depois, avistou terra. Viu grandiosas montanhas azuis, nas quais a neve branca parecia um bando de cisnes deitados. Perto da costa ficavam as belas florestas verdes, e próximo dali havia um casarão enorme – uma igreja ou um convento, ela não saberia dizer. Havia pés de laranja e de cidra no jardim, e junto às portas elevavam-se palmeiras imponentes. O mar formava ali uma pequena baía, de água tranquila, mas muito funda.

A pequena sereia nadou com o belo príncipe até a praia de areia fina e clarinha, e ali o deitou sob a o calor do sol, tomando cuidado para que a cabeça dele ficasse mais alta do que o corpo. Nisso, sinos ressoaram no enorme casarão branco, e várias jovens saíram para o jardim. A pequena sereia nadou para mais longe da costa e se posicionou entre algumas rochas altas que emergiam da água, cobriu a cabeça e o pescoço com a espuma do mar para não verem seu rosto e ficou observando o que aconteceria com o pobre príncipe. Não teve que esperar muito até que uma moça se aproximasse do lugar onde ele estava. No início, parecia com medo, mas só por um momento; depois buscou outras pessoas, e a sereia viu que o príncipe tinha voltado a si e sorria para aqueles que estavam ao seu redor. Para ela, contudo, não havia dado sorriso algum, nem sabia que ela o tinha salvado. Isso a deixou muito triste, e, quando o príncipe foi levado para dentro do casarão, ela mergulhou, pesarosa, e voltou para o castelo do pai.

A pequena sereia, silenciosa e pensativa por natureza, ficou ainda mais assim. As irmãs perguntavam o que tinha visto na primeira visita à superfície, mas ela não contava nada. Muitas vezes, ao entardecer ou de manhã, ela voltava ao local onde tinha deixado o príncipe. Viu as frutas no jardim amadurecerem até serem colhidas e a neve derreter no topo das montanhas, mas não via o príncipe e voltava para casa sempre um pouquinho mais triste. Seu único consolo era sentar no pequeno jardim e abraçar a bela estátua de mármore parecida com ele. Tinha desistido, no entanto, de cuidar das flores, e elas cresciam totalmente desordenadas ao longo das passagens, emaranhando suas folhas e ramos compridos com os galhos das árvores, o que deixava o lugar escuro e soturno.

Por fim, a sereiazinha, não conseguindo mais tolerar aquilo, contou tudo para uma das irmãs. Depois as outras souberam do segredo e logo a história chegou aos ouvidos de duas sereias que tinham uma amiga que, por acaso, conhecia o príncipe. Ela também tinha visto o festival a bordo do navio e revelou quem era o príncipe e onde ficava seu palácio.

– Venha, irmãzinha – disseram as outras princesas; depois entrelaçaram os braços, subiram juntas à superfície e se aproximaram do local aonde sabiam que ficava o palácio do príncipe. Ele era feito de pedras amarelas claras e brilhantes, e tinha longos lances de escada de mármore, um dos quais descia até o mar. Esplêndidas cúpulas douradas erguiam-se acima dos telhados, e, entre as pilastras que rodeavam a construção, havia estátuas de mármore realistas. Através do vidro das grandiosas janelas, viam-se cômodos nobres, com luxuosas cortinas e tapeçarias, e as paredes, cobertas com lindas pinturas, davam prazer só de olhar. No centro do maior salão, uma fonte lançava jatos espumantes na altura da cúpula de vidro do teto. Através dela, o sol iluminava a água e as belas plantas ao redor da bacia da fonte.

Depois que descobriu onde o príncipe morava, a pequena sereia passava muitas tardes e noites bem perto palácio. Ela se aproximava tanto da costa que nenhuma das outras se atrevia a acompanhá-la. Corajosa, certa vez percorreu todo o estreito canal sob a varanda de mármore, que projetava uma enorme sombra na água. Ali ela se sentou e admirou o jovem príncipe, que se sentia muito sozinho na noite iluminada pelo luar. A pequena sereia o via muitas vezes navegando à noite em um confortável navio, com música e bandeiras tremulantes. Escondida nos juncos verdes, espreitava, e, se o vento levasse seu véu branco prateado, aqueles que o vissem pensariam que era um cisne abrindo as asas.

Em muitas noites, quando os pescadores estavam no mar com suas tochas, ela os escutava relatar as muitas boas ações do jovem príncipe e sentia-se feliz por ter salvado a vida dele quando, prestes a morrer, era lançado de um lado para o outro pelas ondas. Lembrou que a cabeça dele descansara em seu peito e que o beijara delicadamente, porém o príncipe não sabia de nada disso e sequer podia sonhar com ela.

A cada dia ela gostava mais dos humanos e desejava mais e mais poder passear com aqueles cujo mundo parecia tão maior que o seu. Eles deslizavam pelo mar em navios e subiam as colinas altas que se erguiam muito acima das nuvens. As terras que possuíam, as florestas e os campos estendiam-se muito além daquilo que sua vista alcançava.

A pequena sereia queria saber muitas coisas, mas suas irmãs eram incapazes de responder a todas as questões. Então ela recorreu à avó, conhecedora de tudo sobre o mundo da superfície, que muito corretamente chamava de terras acima do mar.

– Se os humanos não se afogarem – perguntou a pequena sereia –, eles vivem para sempre? Não morrem como nós, aqui do mar?

– Não – respondeu a avó –, eles também morrem, e a vida deles é ainda mais curta do que a nossa. Às vezes vivemos até os 300 anos, mas quando deixamos de existir, nos tornamos apenas espuma na superfície da água; não temos aqui embaixo nenhuma sepultura daqueles que amamos. Não temos almas imortais, nunca renascemos. Como as algas verdes, uma vez cortadas, não podemos florescer de novo. Os humanos, como muitos acreditam, têm uma alma que vive para sempre e continua vivendo depois que o corpo se transforma em poeira. Ela se eleva pelo puro e límpido ar, além das estrelas cintilantes. Assim como nós saímos da água e contemplamos tudo o que há na terra, eles se elevam até as desconhecidas e gloriosas regiões às quais nunca teremos acesso.

– Por que não temos alma imortal? – perguntou melancolicamente a pequena sereia. – Eu daria, feliz, todas as centenas de anos que tenho a viver pra ser humana por um dia só e ter a esperança de conhecer a felicidade daquele mundo glorioso acima das estrelas.

– Você não deve pensar nisso – orientou a avó. – Acreditamos que somos muito mais felizes e melhores do que os humanos.

– Então eu devo morrer – comentou a pequena sereia –, e como espuma do mar serei levada a nunca mais escutar a música das ondas, a não ver mais as belas flores nem o sol vermelho. Existe alguma coisa que eu possa fazer pra ter uma alma imortal?

– Não – respondeu a avó –, a não ser que um homem a ame a ponto de você significar mais para ele do que os próprios pais, que todos os pensamentos e o amor dele estejam voltados pra você, e que o padre coloque a mão direita sobre as suas e ele prometa ser fiel a você hoje e sempre. Assim a alma dele deslizaria pra dentro do seu corpo e você ganharia uma quota da felicidade futura da humanidade. Ele lhe daria uma alma e ainda continuaria com a dele; mas isso nunca poderá acontecer. Sua cauda de peixe, que entre nós é considerada tão bonita, é feia lá em cima. Eles são incapazes de compreender essa beleza e acham necessário que alguém tenha duas estacas firmes, que chamam de pernas, para ser considerado bonito.

A pequena sereia suspirou e olhou melancólica para sua cauda de peixe.

– Sejamos felizes – orientou a velha rainha. – Vamos passear e saltar por aí durante os trezentos anos que temos pra viver, um tempo que é bem comprido, e depois podemos descansar tranquilamente. Ah, e não se esqueça: hoje teremos baile na corte.

O baile era uma daquelas cenas esplêndidas que nunca conseguiremos ver no mundo acima das águas. As paredes e o teto do enorme salão eram de um cristal grosso, mas transparente. Centenas de conchas colossais, algumas muito vermelhas, outras verdes como a grama, enfeitavam cada um dos lados, em fileiras, e nelas queimava um fogo azul que iluminava todo o salão, brilhava através das paredes e clareava também o mar. Inúmeros peixes, grandes e pequenos, passavam nadando próximos às paredes de cristal. As escamas de alguns deles cintilavam com um brilho púrpura, enquanto as de outros reluziam como prata e ouro.

Ao longo das salas, a água fluía em larga corrente, e nela dançavam as sereias com seus pares, ao som das músicas que eles mesmos cantavam docemente.

Ninguém na superfície tinha uma voz tão graciosa como a dos seres das profundezas do mar. A pequena sereia cantava com uma doçura maior que a de todos os outros. A corte toda a aplaudiu com mãos e caudas, e por um momento ela sentiu seu coração se alegrar, porque sabia que tinha a voz mais encantadora da terra e do mar. Mas rapidamente voltou a pensar no mundo acima dela, pois não conseguia esquecer o maravilhoso príncipe nem a tristeza por não possuir uma alma imortal como a dele; por isso, logo saiu lenta e silenciosamente do palácio do pai, e, embora tudo lá dentro fosse música e alegria, sentou-se sozinha em seu jardinzinho, melancólica. Escutou o clarim ressoando pela água e pensou: "Certamente está velejando lá em cima aquele a quem pertencem meus desejos e em cujas mãos eu gostaria de colocar a felicidade da minha vida. Vou arriscar tudo por ele e para conseguir uma alma imortal. Enquanto minhas irmãs estão dançando no palácio de meu pai, irei à bruxa do mar, de quem sempre tive medo. Ela pode me dar um conselho e me ajudar".

E a pequena sereia saiu do jardim e pegou o caminho para os redemoinhos espumosos atrás dos quais vivia a feiticeira. Ela nunca tinha passado por aquele lugar. Nem plantas, nem flores cresciam ali. Nada além de um terreno arenoso e cinza se estendia até o redemoinho, onde a água rodopiava ao redor de tudo aquilo que conseguia agarrar e que arremessava no abismo sem fim.

Se quisesse chegar aos domínios da bruxa do mar, a pequena sereia seria obrigada a passar através daqueles devastadores redemoinhos. O longo trajeto só podia ser feito por uma única estrada, margeada por um lamaçal quente e borbulhante que a bruxa chamava de brejão sinistro. Lá no fundo ficava a casa dela, no centro de uma estranha floresta, onde todas as árvores e flores eram meio animais, meio plantas. Pareciam serpentes de cem cabeças que brotavam do chão. Os galhos eram braços compridos, magros e viscosos, com dedos de vermes flexíveis, e, da raiz à copa, cada um desses membros se mexia sem parar. Agarravam tudo o que conseguiam alcançar e seguravam com força, para que nada escapasse.

A pequena sereia estava tão amedrontada com o que via que ficou paralisada, o coração aos solavancos. Estava quase dando meia-volta, mas pensou no príncipe, na alma humana que queria ter, e sua coragem voltou. Prendeu os cabelos ao redor da cabeça, para que as árvores não conseguissem agarrá-los. Juntou as mãos sobre o peito e lançou-se, como um peixe em disparada pela água, entre os braços e dedos flexíveis das horrendas árvores, que se esticavam para tentar segurá-la. A pequena sereia notou que todas aquelas plantas eram fortes como aros de ferro. Esqueletos brancos dos seres humanos que tinham perecido no mar e afundado até as águas profundas, esqueletos de animais da terra, remos, lemes e carcaças de navios esparramavam-se por ali, presos com força pelos braços que tudo agarravam. Havia até uma pequena sereia que tinham capturado e estrangulado – obviamente, a imagem mais chocante de todas para a princesinha.

Finalmente, ela chegou a um espaço da floresta onde o chão era pantanoso e cobras d'água rolavam pelo lamaçal, exibindo seus corpos repulsivos e opacos. No meio daquele lugar havia uma casa construída com ossos de seres humanos naufragados. A bruxa do mar estava sentada ali, permitindo que um sapo comesse em sua boca, do mesmo jeito que às vezes as pessoas dão um pouquinho de açúcar a um canário. Ela chamava as repugnantes cobras d'água de "suas pequenas galinhas" e deixava que rastejassem sobre seu peito.

Mal viu a pequena sereia, a bruxa do mar foi logo dizendo:

– Eu sei o que você quer. É muita estupidez sua; de qualquer modo, sua vontade será satisfeita, o que lhe trará sofrimento, minha bela princesa. Você quer se livrar dessa cauda de peixe e ter, no lugar dela, suportes como os dos seres humanos na terra, para o príncipe se apaixonar por você e para ganhar uma alma imortal.

Em seguida, a bruxa deu uma gargalhada tão alta e asquerosa que o sapo e as cobras caíram no chão e ficaram se contorcendo.

– Mas você chegou bem na hora – disse a bruxa –, porque depois que o sol se levantar amanhã, não vou poder ajudá-la; só daqui a um ano. Vou preparar uma poção e amanhã, antes do nascer do sol, você deve nadar com ela até a terra, sentar-se na costa e bebê-la. Sua cauda então encolherá e desaparecerá, transformando-se no que a espécie humana chama de pernas. Você sentirá uma dor enorme, como se uma espada a estivesse atravessando, mas todos que a virem dirão que é a mais linda das humanas. Continuará a ter a mesma graça flutuante em seus movimentos, e nenhuma dançarina jamais conseguirá dar passos com a leveza dos seus; entretanto, cada pisada será para você como um passo sobre facas afiadas que a fizessem sangrar. Se aguentar tudo isso, eu a ajudarei.

– Eu vou aguentar, sim – disse a pequena princesa com a voz trêmula, pensando no príncipe e na alma imortal.

– Mas pense bem – disse a bruxa –, porque uma vez assumida a forma humana, não poderá voltar a ser sereia. Nunca mais poderá atravessar as águas para encontrar-se com suas irmãs nem para ir ao palácio de seu pai. Se você não conquistar o amor do príncipe a ponto de ele estar disposto a esquecer os próprios pais por você, a amá-la com toda a alma e a deixar que o padre junte suas mãos para que sejam marido e mulher, nunca terá uma alma imortal. Na primeira manhã após o casamento dele com outra, seu coração se despedaçará e você se transformará em espuma na crista das ondas.

– Eu aceito – disse a pequena sereia, pálida como a morte.

– Mas eu também tenho que receber meu pagamento – disse a bruxa –, e não cobro ninharia. Você tem a mais doce das vozes entre todos os que habitam as profundezas do mar e acredita que conseguirá encantar o príncipe com ela, mas essa voz você terá que dar a mim. A melhor coisa que possui é o preço que cobrarei pela minha poção. Afinal, também o meu sangue deverá ser misturado a ela, para que corte como uma afiada espada de dois gumes.

– Mas se você ficar com a minha voz – protestou a pequena sereia –, o que me restará?

– Sua bela forma, seu gracioso caminhar e seus olhos expressivos. Com eles você certamente consegue capturar o coração de um homem. O que é? Perdeu a coragem? Ponha sua linguinha pra fora para que eu possa cortá-la e pegar o meu pagamento; em seguida, lhe darei a poderosa poção.

– Que assim seja – disse a pequena sereia.

A bruxa colocou o caldeirão no fogo para preparar a poção mágica.

– A limpeza é um negócio muito bom – disse ela, limpando o recipiente com cobras que tinha amontoado num grande nó. Depois ela deu uma picada no próprio peito e deixou o sangue pingar no caldeirão. A fumaça que subiu modelou formas horríveis, que ninguém conseguiria olhar sem ficar apavorado. A bruxa não parava de jogar alguma coisa no recipiente e, quando ele começou a ferver, o som que emanava dali era como o do choro de um crocodilo. Quando a poção mágica finalmente ficou pronta, tinha a aparência da mais cristalina das águas.

– Aí está – disse a bruxa.

Em seguida, cortou a língua da sereia para que ficasse muda e nunca mais falasse nem cantasse.

– Se as árvores tentarem te agarrar quando estiver voltando pela floresta – avisou a bruxa –, jogue algumas gotas da poção e os dedos delas se espatifarão em mil pedaços.

Mas a pequena sereia não teve que fazer isso, pois as árvores recuavam aterrorizadas ao avistarem a reluzente poção que brilhava na mão dela como uma estrela cintilante.

A sereiazinha passou rapidamente pela floresta, pelo lamaçal e por entre os redemoinhos furiosos. Viu que no palácio do pai as tochas no salão de festas estavam apagadas, e percebeu que todos lá dentro dormiam, mas não se aventurou a ir encontrar-se com eles, pois estava muda e os abandonaria para sempre. Sentiu que seu coração ia se despedaçar. Entrou furtivamente, pegou uma flor do canteiro de cada uma das irmãs, deu milhares de beijos na mão, soprou-os na direção do palácio e depois subiu para as águas azul-escuras.

O sol não tinha nascido quando ela avistou o palácio do príncipe e se aproximou da bela escada de mármore, mas a lua ainda irradiava sua clareza e seu brilho. Foi quando a pequena sereia bebeu a poção mágica, e a sensação que teve foi de uma espada de dois gumes atravessando seu corpo delicado: ela desmaiou e ficou deitada, como morta.

Quando o sol se levantou e brilhou sobre o oceano, a princesa acordou, sentindo uma dor aguda – mas bem diante dela estava o lindo e jovem príncipe. Ele cravou nela os olhos negros como carvão com tanto sentimento que a pequena sereia abaixou o rosto; e, nesse momento, percebeu que sua cauda já não existia e que tinha pernas brancas e pés tão bonitos quanto os de qualquer outra jovem. Como estava sem roupa, se enrolou em seus longos e volumosos cabelos. O príncipe perguntou quem ela era e de onde vinha. Ela lançou-lhe, de maneira suave e triste, seu olhar profundamente azul, mas não conseguiu falar. Cada passo que dava era como a bruxa lhe dissera que seria: trazia a sensação de estar pisando sobre pontas de agulhas e facas afiadas; mas ela suportava com determinação e caminhava ao lado do príncipe com a leveza de uma bolha de sabão, de maneira que ele e todos que a viam ficavam admirados com seu gracioso balanço.

No palácio, foi rapidamente vestida com valiosas roupas de seda e musseline. Era a criatura mais bonita dali, porém, muda, não podia falar nem cantar.

Belas servas, vestidas com seda e ouro, deram um passo à frente e cantaram diante do príncipe e de seus pais. Uma cantou melhor do que as outras, e o príncipe bateu palmas e sorriu para ela. Foi uma enorme tristeza para a pequena sereia. Sabia que antes podia cantar com muito mais doçura e pensou: "Oh, se pelo menos ele pudesse saber disso! Eu abri mão da minha voz pra sempre pra ficar com ele!".

As servas seguintes fizeram danças fascinantes ao som de uma linda música. Então a pequena sereia ergueu seus admiráveis braços brancos, ficou na ponta dos pés, deslizou pelo chão e dançou como jamais alguém tinha sido capaz de dançar. A cada movimento, sua beleza se revelava mais, e seus olhos expressivos encantavam os corações mais do que as canções das servas. Todos estavam maravilhados, especialmente o príncipe, que a chamou de pequena desamparada. Ela dançou novamente, com muito prazer, para agradá-lo, embora tivesse a sensação de estar pisando em facas afiadas cada vez que seu pé tocava o chão.

O príncipe declarou que a queria sempre junto a si, e ela recebeu permissão para dormir diante da porta dele, sobre uma almofada de veludo. E ele mandou fazer uma roupa de escudeiro para a pequena sereia, assim ela poderia acompanhá-lo em suas cavalgadas. Cavalgavam juntos pelas florestas de doces aromas, onde os ramos verdes tocavam seus ombros e os passarinhos cantavam entre as árvores. Ela subia com o príncipe ao topo de montanhas altíssimas e, apesar de seus delicados pés sangrarem a ponto de seus passos ficarem marcados no chão, não deixava de apreciar o passeio e o seguia até que conseguissem ver, abaixo de si, nuvens que pareciam bandos de pássaros voando para terras distantes.

No palácio do príncipe, quando todos estavam dormindo, ela ia sentar-se na extensa escada de mármore para aliviar os pés ardentes, banhando-os na água fria do mar. Nesse momento, pensava em todos aqueles que havia deixado lá no fundo.

Certa noite, suas irmãs apareceram de braços dados, cantando languidamente enquanto flutuavam na água. A pequena sereia acenou para que a reconhecessem. As irmãs falaram do quanto as tinha feito sofrer. Depois disso, toda noite elas iam ao mesmo lugar. Certa vez ela viu, ao longe, sua velha avó, que não ia à superfície havia muitos anos, e o velho rei do mar, seu pai, com a coroa na cabeça. Eles estenderam as mãos na direção dela, mas não se aventuravam a se aproximar tanto da terra como as jovens sereias.

À medida que os dias passavam, o amor da sereiazinha pelo príncipe se tornava mais forte. Ele, por sua vez, a amava como a uma pequena criança, mas nunca tinha lhe passado pela cabeça fazer dela sua esposa. Porém, ela só conseguiria sua alma imortal se se casassem. Caso contrário, na manhã do casamento dele com outra, ela se dissolveria em espuma do mar.

– Você não me ama mais do que a todas as outras? – pareciam dizer os olhos da pequena sereia quando ele a tomou nos braços e beijou sua testa.

– Sim, você é minha querida – disse o príncipe –, porque tem o melhor coração e é a mais devotada a mim; é como uma jovem que vi certa vez, mas que provavelmente nunca mais encontrarei. Eu estava em um navio que naufragou, e as ondas me lançaram para a terra firme perto de um templo sagrado, onde várias jovens me socorreram. A mais nova me encontrou na praia e salvou minha vida. Eu a vi não mais que duas vezes, e ela é a única no mundo que sou capaz de amar, mas você é parecidíssima com ela e quase arrancou da minha cabeça a imagem de minha amada. Ela pertence ao templo sagrado, e o destino mandou você até mim, em vez dela; por isso, nunca nos separaremos.

"Ah, ele não sabe que fui eu quem lhe salvou a vida", pensou a pequena sereia. "Eu o carreguei através do mar até a floresta onde fica o templo. Me escondi na espuma e tomei conta dele até que chegassem humanos para ajudá-lo. Vi a bela jovem que ele ama mais do que a mim." A sereia suspirou profundamente, mas não conseguiu derramar lágrimas. "Ele diz que ela pertence ao templo sagrado – portanto, nunca voltará para o convívio de todos. Eles nunca mais se encontrarão, enquanto eu estou ao lado dele e o vejo todos os dias. Vou cuidar dele, amá-lo e desistir da minha vida para o seu bem."

Pouquíssimo tempo depois, disseram ao príncipe que estava na hora de ele se casar, e que a bela filha de um rei vizinho seria sua esposa; por isso, um elegante navio pronto para zarpar esperava no cais do palácio. Embora o príncipe tenha anunciado que sua intenção era simplesmente fazer uma visita ao rei, a suposição geral era de que ele estava indo mesmo era se encontrar com a filha do monarca. Uma grande comitiva o acompanharia. A pequena sereia sorriu e abanou a cabeça: sabia quais eram os pensamentos do príncipe melhor do que qualquer pessoa.

– Tenho que viajar – ele lhe disse. – Preciso me encontrar com essa bela princesa. É o desejo dos meus pais, mas não me obrigarão a trazê-la para casa como noiva. Não posso amá-la. Ela não é como a bela jovem do templo, aquela de quem você me faz lembrar. Se fosse forçado a escolher uma esposa, eu preferiria escolher você, minha mudinha desamparada de olhos expressivos.

E lhe beijou a boca rosada, acariciou os cabelos ondulados e encostou a cabeça em seu coração, enquanto ela sonhava com a felicidade humana e uma alma imortal.

– Você não tem medo do mar, minha surda criança – disse o príncipe quando estavam de pé no convés do navio que os levaria ao reino vizinho. Depois falou das tempestades e da calmaria, dos estranhos peixes no fundo do mar e daquilo que mergulhadores tinham visto lá. Ela sorriu com essas descrições, porque sabia, melhor do que qualquer um, que maravilhas guardava o fundo do mar.

Partiram. À noite, sob a lua cheia, quando todos a bordo estavam dormindo com exceção do homem ao leme, a jovem sentou-se no convés e ficou contemplando a água límpida. Pensava poder enxergar o castelo do pai, e nele estaria sua avó, com a coroa de prata na cabeça, olhando através das fortes correntezas para a quilha da embarcação. Nesse momento, suas irmãs surgiram nas ondas e olharam para ela melancolicamente. A irmã mais nova acenou para elas, sorriu e teve vontade de contar o quanto estava feliz e venturosa, mas o camareiro do navio se aproximou e, quando as irmãs mergulharam, ele achou que o que tinha visto era apenas a espuma do mar.

Na manhã seguinte, o navio chegou ao porto de uma bela cidade que pertencia ao pai da jovem nobre que o príncipe visitaria. Os sinos das igrejas estavam tocando, e nas altas torres soava o floreio das trombetas. Soldados com estandartes ao vento e baionetas reluzentes enfileiravam-se ao longo do rochedo pelo qual os recém-chegados passavam. O dia inteiro foi de festividades: eram bailes e espetáculos um atrás do outro. A princesa ainda não tinha aparecido. As pessoas comentavam que ela tinha sido criada e educada em uma instituição religiosa, onde havia adquirido todas as virtudes reais.

Por fim, ela apareceu. A pequena sereia, ansiosa para ver se a princesa era realmente bonita, foi obrigada a reconhecer que nunca tinha se deparado com mais linda visão. A pele era delicadamente branca, e, abaixo dos longos cílios negros, sorridentes olhos azuis brilhavam com verdade e pureza.

– Foi você! – exclamou o príncipe. – Foi você que salvou minha vida quando eu estava deitado na praia, à beira da morte!

E acolheu em seus braços sua ruborizada noiva.

– Oh, que felicidade! – disse ele à pequena sereia. – Meus desejos mais apaixonados se realizaram. Você se alegrará muito com minha felicidade, pois sua devoção a mim é grandiosa e sincera, não é verdade?

A pequena sereia beijou a mão dele e teve a sensação de que seu coração já estava despedaçado. O casamento do príncipe traria consigo a morte da sereiazinha, que se transformaria em espuma do mar.

Chegou o dia. Todos os sinos da igreja tocaram, e os arautos do rei cavalgaram pela cidade proclamando o casamento. Óleo perfumado queimava em preciosas lamparinas de prata em todo o altar. Padres balançavam os turíbulos, enquanto a noiva e o noivo davam as mãos e recebiam a bênção do padre.

A pequena sereia, vestida com seda e ouro, segurava a cauda do vestido da noiva, mas seus ouvidos não escutavam a música festiva, e seus olhos não enxergavam a cerimônia sagrada. Ela pensava na noite que se aproximava, quando morreria, e em tudo o que tinha perdido no mundo.

Na mesma noite, os recém-casados embarcaram. Canhões rugiam, bandeiras tremulavam e, no centro do navio, tinha sido erguida uma suntuosa tenda púrpura e dourada. Nela, sofás elegantes haviam sido providenciados para receber o casal em viagem de núpcias. Com as velas infladas e o vento favorável, o navio deslizou suavemente para longe, no mar calmo.

Quando escureceu, luminárias coloridas foram acesas, e os marinheiros dançaram alegremente no convés. A pequena sereia não conseguia deixar de pensar na primeira vez em que havia saído do mar, quando tinha visto festividades e alegria semelhantes. Juntou-se à dança, parecendo flutuar como um pássaro, e todos os presentes saudaram-na com admiração.

Ela nunca havia dançado com tanta elegância. Sentia como se seus delicados pés estivessem sendo talhados com facas afiadas, mas não se importava. Uma aflição ainda mais afiada perfurava seu coração. Sabia que aquela seria a última noite em que veria o príncipe, por quem tinha renunciado a seus familiares e seu lar. Tinha abdicado de sua bela voz e sofrido dores sem precedentes, sem que ele tivesse conhecimento algum disso. Aquela era a última noite em que respiraria o mesmo ar que ele ou contemplaria o céu estrelado e o mar profundo. Uma noite eterna, sem um único pensamento ou sonho, a aguardava: ela não possuía alma, e agora jamais conseguiria uma.

Tudo era alegria e festa a bordo do navio até bem depois da meia-noite. Ela ria e dançava com as pessoas, mas os pensamentos sobre morte permaneciam em seu coração. O príncipe beijou sua linda noiva, ela acariciou-lhe os cabelos negros e, de braços dados, foram para a esplêndida tenda. Então o silêncio tomou conta do navio; o timoneiro, o único acordado, permanecia no leme.

A pequena sereia dependurou seus braços brancos na beirada da embarcação e olhou para o leste, onde surgia o primeiro colorido da manhã, o primeiro raio de luz da alvorada que lhe traria a morte. E viu suas irmãs saindo do oceano, tão pálidas quanto ela. Mas os belos cabelos compridos das sereias não mais ondulavam ao vento: tinham sido cortados.

– Nós demos nossos cabelos para a bruxa – disseram elas – pra você não morrer hoje. Ela nos deu uma faca, aqui está ela: veja como é afiada. Antes de o sol nascer, você deve cravá-la no coração do príncipe. Quando o sangue quente escorrer sobre seus pés, eles se juntarão novamente, se transformarão em cauda de peixe, você voltará a ser sereia, retornará pra nós e viverá seus trezentos anos antes de morrer e se transformar em espuma do mar. Você deve se apressar! Um de vocês dois tem que morrer antes do nascer do sol. Nossa avó, já tão velhinha, sofre tanto por você que seus cabelos brancos estão caindo de tristeza, assim como os nossos caíram diante da tesoura da bruxa. Mate o príncipe e volte, se apresse! Não está vendo os primeiros vestígios vermelhos no céu? Em alguns minutos, o sol se levantará e você morrerá! – elas suspiraram profunda e melancolicamente antes de afundarem nas ondas.

A pequena sereia abriu a cortina encarnada da tenda e viu a belíssima princesa com a cabeça deitada no peito do príncipe. Abaixou-se, beijou a testa dele e olhou para o céu, onde a aurora rosada ficava cada vez mais clara. Encarou a faca afiada e novamente fixou os olhos no príncipe, que sussurrou o nome da esposa, que preenchia seus sonhos e seus pensamentos.

A faca tremia na mão da pequena sereia. Subitamente, ela arremessou a arma nas ondas. A água onde ela caiu ficou vermelha, e as gotas que respingaram eram como sangue. A sereia lançou mais um prolongado e já desfalecido olhar para o príncipe e, em seguida, jogou-se na água, sentindo seu corpo dissolver-se em espuma. O sol elevou-se acima das ondas, e seus raios quentes recaíram sobre a fria espuma da pequena sereia. Ela não sentia que estava morrendo: enxergava o sol radiante, e ao seu redor flutuavam centenas de belos seres transparentes. A pequena sereia conseguia ver, através deles, as velas brancas do navio e as nuvens vermelhas no céu. Os seres falavam de maneira melodiosa, mas etérea demais para ser compreendida por ouvidos humanos; do mesmo modo, eram invisíveis aos olhos mortais. A pequena sereia percebeu que tinha o corpo como o deles e que continuava a se elevar cada vez mais para fora da espuma.

– Onde estou? – perguntou ela, e sua voz também soou etérea.

– Entre as filhas do ar – respondeu um daqueles seres. – As sereias não têm e nunca terão uma alma imortal, a não ser que conquistem o amor de um humano. No poder do outro reside o destino de sua eternidade. Mas as filhas do ar, embora não possuam alma eterna, podem, por suas boas ações, obtê-la. Voamos para reinos quentes e resfriamos o sufocante ar que destrói a humanidade com a pestilência. Carregamos o perfume das flores para espalhar a saúde e a restauração. Depois de termos nos esforçado durante trezentos anos por todo o bem que está em nosso poder, recebemos uma alma imortal e assumimos nosso lugar na humanidade. Você, pobre sereiazinha, assim como nós, tentou com todo o seu coração fazer o que estamos fazendo: suportou o sofrimento e ascendeu ao mundo espiritual por suas próprias boas ações. Agora, empenhando-se da mesma maneira por trezentos anos, poderá conseguir sua alma imortal.

A pequena sereia ergueu os olhos na direção do sol e sentiu, pela primeira vez, eles se encherem de lágrimas.

No navio, havia vida e barulho. Ela viu o príncipe e sua linda noiva procurando-a. Com muito pesar, olhavam para a espuma perolada, como se soubessem que ela se jogara nas ondas. Invisível, ela beijou a testa da noiva, soprou o rosto do príncipe e subiu com as outras filhas do ar até uma nuvem rosada que flutuava pelo éter.

E a história termina assim. Como todas as tristezas, essa também teve fim... ■

Este livro foi composto com tipografia Electra LT Std e impresso
em papel Off-White 70 g/m² na Formato Artes Gráficas.